사랑의 역설

초판 발행 2018년 12월 13일
지은이 창시문학회

펴낸이 안창현 **펴낸곳** 코드미디어
북 디자인 Micky Ahn
교정 교열 오재령
등록 2001년 3월 7일
등록번호 제 25100-2001-5호
주소 서울시 은평구 갈현로 318-1 1F
전화 02-6326-1402 **팩스** 02-388-1302
전자우편 codmedia@codmedia.com

ISBN 979-11-89690-03-8 03810

정가 10,000원

사랑의 역설

창시문학 스물한 번째 작품집

산책길입니다.
팥배나무가 잎을 모두 떨구고 사랑의 열매처럼 빨갛게 익어갑니다.
또 한 번 겨울의 문턱에서 21호의 동인지가 탄생했습니다.

나희덕의 「푸른 밤」 중에 '너에게로 가지 않으려고 미친 듯 걸었
던 그 무수한 길도 실은 네게로 향한 것 이었다'라는 싯귀처럼 이
미지는 좀 다를지라도 우리는 끊임없이 문학의 길로 걸어가는 것
은 아닐는지요.

그동안 이십 년이 넘는 창시의 발자취가 거저 얻어진 것은 아닐 것
입니다. 많은 선배님들이 자리를 지켜주셨고 이끌어 주셨기에 가
능했습니다. 앞으로도 우리의 이 길이 소박하지만 찬란하게 이어
지길 기대합니다.

창시 회원 여러분! 지난 한 해 동안 지연희 선생님을 모시고 우리의
수많은 이야기들이 하나의 결실이 되어 『사랑의 역설』이 출간됨을
다시 한 번 뜨겁게 자축합니다.

지난 한 해 동안 수고하셨습니다. 그리고 감사했습니다.

창시문학회 회장 윤복선

Contents

백미숙

엄영란

Contents

전정숙   **김용구**

Contents

윤복선　　　**김경애**

홍정기

박하영

메마른 감성에 불을 지피는 -

PROFILE

창조문학 시 부문 신인상, 현대수필 신인상 수상. 창시문학회장 역임, 문파문학회장 역임. 현대수필, 분당수필 회원. 수상: 창시문학상. 저서: 『바람의 말』『직박구리 연주회』.

갈대밭

혼자서는 외로워 떼 지어 산다
혼자서는 소리낼 수 없어 부딪히며 산다
바람 불면 부는 대로 흔들리며 산다
뿌리까지 흔들려도 제자리를 지키는 무리
비바람 몰아쳐도 쓰러지지 않는다

달빛이 내리면 서걱이는 몸짓으로 사랑을 한다
여자의 마음이라 일컫지만
어디 흔들리지 않는 사람 있으랴
갈대밭에 온 사람들 흔들리지 않으려고
허릴 곧추 세우며 사라진다

낙엽의 존재

지난여름 그 푸르던 잎
울긋불긋 단장하며 뽐내더니
찬바람 불어 덧없이 낙하하는 그 모습
초라한 내 모습 같다

지천으로 피어나던 봄
울창히 우거진 여름
모두 꿈이었네
그 곱던 얼굴 부드럽던 살결
어느덧 바짝 마른 낙엽이 되었네

밟으면 바스락 부서지고 마는
너의 최후
너를 밟으며
몸서리치는 나를 보렴
내 손에 쥔 낙엽 한 잎
나 또한 너와 다름없으니

내 곁엔 없나요

휘익 스치는 바람에
우수수 회오리치는 낙엽
저리 쉬 질 줄 알았다면
그 무덥던 여름을 어찌 견디고 살았을까
무심코 지나는 행인의 발 아래
덧없이 스러지는 가벼운 목숨인 것을

휘익 옷깃을 스치는 바람
춥다고 머플러를 둘러보지만
온몸에 감도는 냉기는
막을 수는 없는 일

든든히 바람 막아줄 바람막이 같은 사람
따뜻이 품 줄 스웨터 같은 사람
눈비 막아줄 우산 같은 사람
맛깔스런 요리해줄 쉐프 같은 사람
메마른 감성에 불을 지펴줄
그런 사람 내 곁엔 없나요

널 모른다고 말할래

나 아직 살아 있는 걸 보면
너도 아직 살아 있을 거야
아직도 널 그리워하는 걸 보면
너 또한 날 생각하고 있겠지
널 영원한 벗으로 생각했던 것처럼
너도 나처럼 그리 생각했다면
한 번쯤 날 찾을 만도 한데

한때는 내가 널 찾아 헤맨걸
알기나 할까
이젠 우리 서로 늙어가는 마당에
어디선가 서로 지나쳐 가도
모르는 척 스쳐갈 거야

부디 세월이 더 흐르기 전에
혹 네가 날 찾는다면
난 널 모른다고 말할래
까맣게 타들어간 그리움
몰라볼 만큼 까마득한 세월이 흘렀는 걸

눈물

아침 아파트 베란다 창틀에
물방울이 대롱대롱 맺혀있다
밤새 누군가 흘리고 간 눈물인 양 애처롭다
건드리면 금방 툭 눈물이 쏟아질 거 같다

해가 떠오른다
물방울이 영롱한 빛을 발하기 시작한다
아하 기다려준 게 저 해님이었나
마침내 해님은 눈물을 거두어준다

내 서러운 눈물도 창틀에 매달아 두면
저렇게 애처롭게 반짝이다가
누군가 해님이 되어 감쪽같이 거두어 갈까

단풍비

비가 내린다
단풍비가 내린다
온 산에 붉은 물 노란 물이 번져
자연의 수채화가 펼쳐진다
앞산 뒷산에 저 고운 빛
누구의 솜씨일까
춥지도 덥지도 않은 이 계절
아름다움의 극치를 뽐내며
사람들을 취하게 만든다
단풍에 취한 사람들
마음까지 물들여
모두 따뜻한 사람이 되고
아름다운 사람이 되어
산을 내려온다
단풍이 든 나무의 참한 마음을
깨우치고 간다

마라도 바람

제주의 끝 마라도로 가면
검은 돌투성이 섬을 만나게 된다
어딜 가나 사방으로 바다가 보이고
바닷바람에 춤을 추는 억새가 휘날린다

아담한 성당이 섬 중앙에서
고즈넉이 섬을 지키다
오가는 길손들 불러들인다
저절로 기도가 새어나오니
성지가 따로 없다

누군가는 이곳에 오면
꼭 자장면을 사먹는다는데
그것 참 이상하다
이 작은 섬에 먹을 게 귀했을까
그 유명하다는 자장면을 안 먹을 수 없다

이 섬에 강렬한 건 바람이다
날려버릴 듯 세찬 바람이 가슴속을 파고들면
억새풀 휘날리듯 소멸해가는 감정들

바람을 당해 낼 도리가 없이
스트레스를 확 날려버린다

마침내 숨통이 트이고 가슴이 뚫린다
마라도 바람은 가슴을 파고 들어
통쾌한 바람의 치유를 받고 가라고
자꾸만 발길을 붙잡는다

마지막 그곳까지

어제는 오늘을 기다리고
오늘은 내일을 기다리면서
난 여기까지 왔다
비바람 불고 폭풍 지나가던
어제는 멀리멀리 사라지고
꽃피고 열매 익는 오늘에 이르니
이리저리 뒤척이던 내 삶은
이제 시작이듯 긴 닻을 올렸네
하루를 살아도 후회 없게
지금 이 시간이 가장 소중함을 알고
순리대로 살려 하네
폭풍은 잠자고 태양이 솟아오르니
세상은 바뀌고 할 일도 가지각색
지난날을 거울 삼아
힘차게 노 저으며 마지막 그곳까지
쉬지 말고 가라 하네

밤 풍경

산 아랫마을 신도시 아파트
15층에서 내려다보면
손에 잡힐 듯 다가와 보이는 남한산성

저무는 산책길에
줄지어 늘어선 키다리 외등들
크리스마스 카드처럼 정겹다

저 산 아래쪽에 누군가 불을 켜들고
반가운 이를 마중 나올 것 같은
정감 어린 밤

이 마을에 아름다운 전설이
쏟아질 것 같아
가슴 설레며 창밖을 바라보노라면
어느새 달님도 환히 고개 내민다

오래 소식도 없는 그 사람이
저만치서 올 것만 같다

보이지 않는 메시지

늘 가슴 한켠에 계신 어머니
멀리 가신 지 오래이건만
아직도 자식의 끈을 놓지 못하시고
보이지 않는 메시지를 늘 보내십니다
아주 가시던 날 꿈속에 왕관을 쓰시고
자애로운 미소를 띠우며 하늘로 오르시더니
그곳으로 먼저 가신 아버지를 따라 가셨네요
영영 오지 않으시니 극락 영생하심이 분명합니다
힘들고 외로울 때마다 손을 꼭 잡아주시던
그 따뜻한 손이 왜 이리 그리운지요
지금도 보이지 않게 오고 있는 메시지
얘들아 사는 날까지 최선을 다해라
너희에게 주어진 생명의 끈을 놓지 말고
나처럼 하늘에서 귀히 불러 데려갈 때까지
꿋꿋이 살라고 힘을 주십니다
당신의 힘든 삶이 우리를 지금껏 받쳐준 것처럼
우리 또한 자식을 위해 그렇게 살라고
오늘도 보이지 않는 메시지는
줄곧 날아와 내 가슴에 꽂힙니다

사과 깎기

아침은 사과 한 알로 시작 된다
사각사각 사과 깎는 소리
상큼한 향기가 베어나듯
오늘도 좋은 일만 있을 것 같다

먹음직스러워 입안에 감도는 침
사과 깎는 여인은 사과보다 더 향기롭다
사과 좋아하는 어린 손녀에게
사과소녀라고 붙여준 별명
싱그럽게 커가는 그 아이와 닮았다

사과처럼 싱그럽던 내 젊은 날은
이제 갈잎으로 저물어 간다
사과 한 알로 하루를 시작하지만
날 저무는 그날까지
새록새록 사과 향기 풍길까

손

평생 주인을 위한 눈물겨운 헌신
부족한 곳을 채워주는 충직성
재능을 겸비한 수고로움으로
나를 일으켜 세우는 고마운 수호천사

안경 너머 풍경

세상이 흐리게만 보여
늘 유리창을 눈에 달고 사는 나는
세상을 더 투명하게 보려고 안경을 닦는다

가을 하늘이 호수처럼 깊어 보이고
산과 들이 누런 옷을 갈아입기 시작하면
가을은 오색 빛 물감을 풀어 놓고 붓칠을 한다

시시각각 달라지는 가을빛 산야
엊그제까지 붉게 타던 단풍이 칙칙해졌다
낙하를 준비하는 듯 애절하게 나부낀다

안경 너머 세상은 더 빨리 가을을 부르는 듯
오늘 아침 산책길엔 신발이 낙엽 속에 푹푹 빠진다
곧 싸락눈이 올 것 같은 겨울은 코앞이다

어서 일어나시오

미물도 조용히 잠들어 세상은 적막인데
이른 새벽 목청을 가다듬는 뻐꾸기
그만 일어들 나시오! 뻐꾹 뻐꾹…

새벽잠 깬 사람만이 그 울음소릴 듣고
오늘 하루를 줄기차게 살라고 경고하듯
뻐꾹 뻐꾹 뻑뻐꾹…

쓰러지면 안 된다고
활기를 불러 일으켜 세워주는
저 뻐꾹새를 어찌하리
한갓 새에 지나지 않지만
내게 훈계하는 저 소리
가슴을 때리며 메아리친다

이 순간을 박차고 일어나라고
세상은 일일생활권이고 할 일은 많다고

오늘 같은 날

가을은 축제의 계절인 듯
예서제서 판을 벌인다
가는 곳마다 굿판은 벌어지고
단풍에 물들어 몰려오는 사람들
넘쳐나는 풍물과 맛 자랑 멋 자랑에
북치고 장구치고 춤추고 노래하고
이런 날만 있음 좋겠다고 구경꾼도 어절시구

바야흐로 가을은 무르익어 가는데
세상은 시끄럽고 어지러워도
하루 살기 힘들다고 불평불만 쏟아져도
오늘만은 맘 놓고 허심탄회 놀아보세
축제의 날은 날마다 있는 게 아니니
오늘 같은 날 어절시구 즐겨보세

장의순

꽃잎처럼 내려 앉는다

가로수 은행나무 | 귀신이 무슨 힘이 있다고 | 늦가을 비 | 무화과 | 문우님의 고언
바람-4 | 봄바람이 분다 | 손바닥 도장 찍기 | 아, 목동아 | 아베마리아
어두일미 | 옻놀이 | 직박구리 새 | 한파 속에서도 | 회색인간

PROFILE

일본 동경 출생. 문학시대 시부문 신인상으로 등단. 한국문인협회, 용인문협, 시대시인회 회원. 문파문학회
운영이사. 창시문학 회장. 저서: 시집 『아르페지오네 소나타』 『쥐똥나무』. 창시문학 동인지, 계간 문파문학,
문파대표 시선집. 꽃씨동인지, 용인문단, 한국대표명시선집, 시대시 동인 사화집, 분당수필 창간호, 현대수
필 외 다수. E-mail: estacion4@hanmail.net

가로수 은행나무

샛노랑 나비 떼가
춤을 추며
꽃잎처럼 내려 앉는다

서늘한
포도 위에
누워있는 나비를 밟는다

발끝에서
전해오는
나비의 꿈 노래가 들린다

이 길 위에서
후회 없이 사랑하다
노랗게 병들었다고.

귀신이 무슨 힘이 있다고

조상의 제사상 앞에서
무덤 앞에서
경건하게 절하고 묵념하고
고인과 함께했던 지난날을 회억한다

좀 더 살뜰하게 잘 해드릴 걸

후회도 참회도 잠시
각자 자신의 소원을 빈다
살아 생전에
효자도 불효자도 한마음이다

귀신이 있는지 없는지
본 사람은 없지만
그 시간
그 장소에는 존재하고 있었다

귀신이 무슨 힘이 있다고
아니다
한마음으로 묶어 한 자리에 모일수 있는
귀신의 힘은 위대하다.

늦가을 비

부슬부슬
늦가을 비는
비 맞은 땡중처럼 궁시렁거린다

11월도 중순을 넘어
수풀은 야위어 헝클어지고
젖은 낙엽은
소리 없이 발아래 밟힌다

허전한 마음에
살갑게 느껴지는
그리움의 정체는 무엇일까
아직도 그 까닭을 찾지 못했네.

무화과無花果

성경에 여섯 번이나 나오는 무화과는
이스라엘의 멸망과 이천 년만의 건국을 예언한 예수님의 과실
나무다. 아담과 이브가 무화과를 먹고, 발가벗은 자신의 알몸
을 보게 되었고, 부끄러워 무화과 잎으로 앞을 가렸다. 꽃도
피우지 않고 열매를 맺어 무화과라고 이름 붙여졌다.

실은 세상에 無花果는 없다
몸체 안에서 꽃을 피워 깨알 같은 벌을 불러 들이고,
아무도 모르게 완전한 열매로 완성된다

성녀 마리아도 같은 이치가 아닐까
동정녀의 몸으로 예수를 잉태해서 탄생시켰다는 것
생물학적으로 있을 수 없는 일이다
예수를 神의 아들로 만들기 위한 인간의 비밀한 각본이 아니었
을까

사막 속의 유태민족에겐 무화과는 꿀이 흐르는 복주머니였다

팅팅 부른 어머니의 젖꼭지 같기도 하고
하트 모형 같기도 하다

반으로 쪼개니

순한 붉은색의 과육이 이글거리듯 꽉 차 있다

달콤하고 말랑말랑해서 저세상에 계신 어머님 생각이 난다.

문우님의 고언

정 깊은 문우님이 내 자세가 꾸부정하다고 한다
걸음걸이도 흐트졌다 한다
아뿔사
평소에 자신이 똑바로 멋있게 걷는다고 생각했는데
꾸부정한 사람을 보면 안타까워했는데
쪼금만 신경 쓰면 바르게 걸을 텐데 했는데
내가 꾸부정하다니
발걸음도 헤프다니

고맙다. 참으로 고맙다
그동안 아무도 지적해주질 않아 자신을 몰랐다

세월을 쫓아가다 보니 상체가 먼저 나간 게지
세월에 쫓기다 보니 발걸음마저 천방지축天方地軸이 된 게지
이제 꼿꼿하게 걸어야지
아직까지는 예쁘고 싶다
숨 쉬는 그날까지 아름답고 싶다.

바람-4

위 잉~
귀와 귀를 관통한다

짜릿한 희열이
온몸을 감아 돌고
좀 더 불새의 춤이
내 곁에 머물기를 바란다

너는 내게
끊임없이 뭐라고 말하는데
정녕 한 마디도 알아들을 수는 없구나

바람 바람
네가 이리도 좋은 까닭은
아직도 내 열정이 살아 있음이지

산책길 고갯마루
갈참나무 숲이
우~우~ 소리내며 흔들린다.

봄바람이 분다

햇살은 따뜻하고
바람은 허공에서
허휘허휘 부대긴다

불현듯 어머니가 그립다

봄이 오듯
일 년에 한 번만이라도
찾아와 만나 볼 수 있다면

아~ 살았어도
백살이 넘으셨네
노처녀로 어머니 속만 태우게 했던
불효자의 탄식

살았어도 100살이 넘으셨네

손바닥 도장 찍기

하세월
뜨겁고 시린 일
마다 않던
그대는 충실한 나의 종이었네
오늘
내 삶의 흔적을
여기에 남긴다.

아, 목동아

만추의 산울림으로 되돌아오는
테너 색소폰의 여운
까마득이 가버린 날을 추억한다

학창시절의 음악 시간
풋내기의 자존심을 한껏 올려준
아, 목동아*는 신선한 충격이었다
그때부터 그 목동은 내 이상 속의 영원한 연인으로
자리잡혀 갔다
허밍으로도 부르며 성숙했다
헌책방에서 빌린 책을 밤새워 읽었다
…
아, 목동아
늘 목마르게 불러 봤지만
은발이 되어가는 지금까지도
그 목동은 나타나지 않았다.

---

* 아, 목동아: 아일랜드 민요로 작곡가는 미상이고 가사는 전쟁에 나간 아들을 그
리워 하는 모성애다.

아베마리아

아 ~ 아 ~아 ~
카치니의 작곡으로 알려졌던
아베마리아가
근래에 작곡가가 달라졌다고 한다
그게 무슨 상관이냐
곡이 달라지지 않았는데
언제 들어도 하늘님과 성모님과 통하는
짜릿한 카타르시스
추석날 오늘 새벽
FM에서 내게 들려주는 첫 선물이다
나도 종교인이 된듯
살아 있음에 감사한다.
〈2018.9.24 추석 새벽〉

어두일미

도미 종류의 하나인 붉은 생선은
손질하기 사나운 지느러미를 갖고있다
작고한 우리 친정아버지는 '생선은 가시가 날카로워야 맛이 있
다'고 하셨다
갖은 양념으로 간이 잘 밴 큰 생선 대가리는 퍽퍽한 몸통보다
도 훨씬 맛이 있다
가시를 잘 발라 먹으면 밥 한 거룻을 너끈히 비운다
볼태기살도 턱밑살도 머리도 보드랍고 고소하다
부지런한 손과 혓바닥이 참맛을 음미하는 역활을 한다
당번처럼 게걸스레 먹게되는 나의 몫이다

생선은 대가리라고 지칭해야 어울린다
머리라고 하면 포유류인 동물, 특히 사람이 먼저 떠오르기 때
문이다

생선 찌개는 대가리가 들어가야 제맛이 난다
국물맛도 대가리에서 구수한 진국이 우러나온다
오늘도 생명체의 총본부를 거들내다
내가 한 마리를 다 먹은 셈이다.

윷놀이

윷판 속에 인생이 있다
열십자로 팽팽히 물린 사각의 길 위에
도 개 걸 윷 모
유유히 한 바퀴를 돌아가는 여정과 반으로 질러가고 또 질러가는
축지법도 있다
그러나 살아가는 길은 어느 방향도 순탄하지 않다
각기 다른 두 색깔의 말들은 서로 맹수가 되어 잡히고 잡아먹고

도 개 걸 윷 모
잡는 맛은 짜릿하나
쫓길 때는 무섭지 않은 놈이 없다
앗~차
시끌벅적 탄성이 터지고
앞서거니 뒤서거니
아슬아슬한 곡예 끝에 사선을 넘을 때의 기쁨은 크다
우리의 인생도 윷말의 곡예와도 같다

지난날을 돌아보면 스쳐 지나간 찰나刹那의 행운들
아서라 내가 神이더냐

인생에 완벽이란 또 얼마나 큰 모순이더냐

실수의 연속이었지만
아무도 대신할 수 없었던 나의 길
소중한 생명의 연속이었기에 오늘도 힘차게 포효한다.

직박구리 새

못생겼다
겨울나무처럼 우중충하다
지같이 생긴 나뭇가지에 무리져 옮겨가며
끼익끼익거린다

산수유 열매
조롱조롱 달린 나뭇가지에
와르르 몰려와서
끼룩 끼르르륵
새빨간 루비
땅바닥에 흘리며 게걸스럽게 따 먹는다

직박구리는
계절따라 목소리가 다르게 들린다
가을에는 제비처럼 꽈리를 불고
잎이 진 겨울에 오히려 활동이 왕성하여 목소리도 다양하다
생김새보다 목소리가 예쁘다
겉보다 속이 아름다운 사람처럼-
삭막한 겨울에 네가 있어 쓸쓸하지 않구나.

한파 속에서도

하늘이 유리알처럼 파란 겨울날엔
한파라는 칼추위다
바람이 없어도 모든 물체를 조용히 조여 얼어 붙인다

산책로 마을 뒷길을 오른다

그 추위에도 어디선가
멧비둘기가
뚜 뚜 뚜뚜 낮게 노래하고
직박새가 서로 다정하게 주절댄다
마른 검불 속에서
작은 멧새들도 비비적거린다

나무 보호 철망 사이로
녹색 꽃다지가 융단처럼 곱다
입춘이 며칠 남지 않았구나

겨울 해는 짧아
오후 2시를 지났는데 해가 서쪽에 기울어졌다
그래도 한땀한땀 길어지는 햇살이기에 마음은 벌써 봄이다.

회색인간灰色人間

희지도 검지도 아니한 회색은
지성인이 즐겨 입는 의상인데도
사람들은 '회색인간'이라 비하함은
또 무엇일까

우리의 인생살이
그리 뜨겁지도
그리 차갑지도 아니하고
숫한 날들이 무미건조하다

옛 성현들은 중용을 으뜸으로 매겼지만
중간은 미지근한 물과 같아서
거치른 바람 앞엔 안정된 자리일 뿐
개성적인 사람들은 어정쩡한 것이 싫다고 한다
뜨겁든지 차갑든지
희든지 검든지 분명한 것을 요구한다

회색인간은 이기주의자일까?

사람들은
실제로는 중간을 제일 좋아하면서도.

백미숙

소란스러운 들국화 한 무더기 가슴에 안고

촛불 | 가슴 시린 계절에 | 겨울나무 | 동반자 2 | 태양이고 싶다
산수유꽃 | 삶의 옹어리 | 새벽에 내리는 비 | 세월 | 억새밭 | 언제쯤이면
왜? | 제비꽃 | 풀잎에 매달린 이슬처럼

P R O F I L E

『한국문인』 시, 수필 등단. 한국문협 동인지 연구위원, 한국수필 부이사장, 문파문학 명예회장, 국제pen클럽 회원, 문학의집 · 서울 회원. 수상: 창시문학상, 새한국문학상, 황진이문학상본상, 문파문학상, 한마음문화상 외. 저서: 시집 『나비의 그림자』 『리모델링하고싶은 여자』, 공저 『한국대표명시선집』 『문파대표명시선집』 『성남문학작품선집』 『새한국문학상수상작선집』 『한국수필대표선집』 외.

촛불 –흔적

죽음처럼 적막한 어둠의 공간 속에서
네가 나를 가만히 응시하며
슬픈 고독 속으로 침잠해 버리면
난 온몸이 떨리는 악몽에 시달리며
소리 없이 흐느끼며 눈물을 떨군다
너와 나는 이 지붕 밑에서
얼마나 오래도록 사랑할 수 있을까
너를 사랑하지만
너를 잊어야하고
너를 잊어야 하는 까닭에
너를 사랑하게 되는 것을

방안 가득 문들어지는 내 영혼과
눈사람처럼 여위어 가는 내 육신은
소리 없이 스러져 가고 있음이니
우리는 함께 슬퍼하고 있음일까?
거품처럼 부풀어 오르는 내 눈물은
아픔의 흔적으로 고랑처럼
내 가슴에 고여 있으리니…

가슴 시린 계절에

하늘 한 번 바라보지 못했는데
어제도 그제도 이래저래
하루해는 지나가 버렸다
가로수 은행나무 풍성한 가지마다
노랗게 물들어 있는 은행잎이
가을이라고, 가을이라고 말해 주었는데

마음이 시리고 소심해지는 자신을
추스르지 못하고 소슬바람에 엎딘
고양이처럼 몸을 웅크리고 누웠다
왁지지껄한 마을시장으로 갔다

좌판위 바구니에 오두마니 앉아 있는
아직 덜 익은 사과 서너 알
왜 눈물을 그렁그렁 매달고 있니
낯선 곳 낯선 사람들, 고향 생각 하고 있니

사람들 모여들어 붐비기 시작하고
이리저리 밟히던 나는
길거리에 버려진 휴지처럼

스스로 한심스러워 큰 숨 들이쉬고
얼음을 삼킨듯 시린 가슴을
시장골목에 던져 버렸다

소담스러운 들국화 한 무더기
가슴에 안고 돌아서며
구름 한 점 없는 높고 푸른 하늘을
마음 한가득 안아보지만 왜
눈물이 방울방울 꽃잎 위에 떨어질까

겨울나무

어머니의 따스한 숨결처럼
살갑게 쓰다듬어 주던 바람은
매서운 회초리 흔들어 대고
하나둘 참새들만
두리번거리며 매달려 있다

바짝 마른 나뭇잎은 모두 떨어지고
나는 볏짚으로 꽁꽁 묶인 채
허수아비처럼 우두커니 서 있다
저승 같은 어둠의 장막 드리우니
와들와들 뼛속 떨리는 추위에
실낱같은 숨이 끊어질 것 같다

그러나, 인내하며 기다려야지
얼어붙은 살 찢어지고
온몸의 핏줄이 고드름 되어도
엄동의 서글픈 이 계절 지나면
햇볕이 산란하며 날 보듬어 주겠지

뿌리 깊은 곳에서 세포가 분열하며

재생의 핏물 솟구쳐 오르고
따사로운 해님과 소곤거릴 수 있겠지
버들강아지 마중 나와 환호할 때에
오늘의 서러움은 잊혀 겠지

동반자 2

서산에 새벽 달
하얗게 부서져 내려 앉으며
미명이 서성이며 다가옵니다
창을 스치는 바람소리에 잠 깨어
깊이 잠든 당신의 거친 손을
살며시 만져 봅니다
희끗희끗 서리 내린 머리카락
보리밭 고랑처럼 늘어진 피부
실개천처럼 주름 잡힌 이마
조그만 내 가슴이
마늘을 삼킨 듯 아려 옵니다

무서운 병마에 신음하면서
죽음의 문턱에서 괴로워할 때
갓난아이 다독이듯 보듬어주고
커다란 가슴으로 품어준 그대
이 세상 끝날까지 마주보면서
가슴 깊이 아껴줄 오직 한 사람
나의 동반자,

소중한 당신을 사랑합니다

태양이고 싶다

맨살 드러낸 나뭇가지
바람에 움츠리고
휘몰아치는 세찬 진눈깨비는
싸늘한 전율을 느끼게 한다

긴 밤 숨어 지낸
아침햇살 한아름 듬뿍 퍼내어
얼어붙은 숲속에 뿌려
따뜻한 불 지펴주고 싶다

몸을 녹인 나무에서 새 잎 돋으면
어미 제비 날아와 새 둥지 틀고
어린 새끼 따뜻이 보듬어 주게
사랑을 듬뿍 담은 태양이고 싶다

산수유꽃

원적산 품에 안고
노오란 산수유꽃 지천으로 뒤덮힌
이천 도림리 산수유 마을에
꽃 축제가 열렸네

바람 결에 따스한 햇살이
나무 가지 사이를 기웃거리고
여리디 여린
노오란 꽃망울이
가슴 설레이게 하는데
금방
하늘에서 쏟아져 내릴듯한
작디작은 꽃송이들
따스한 봄바람에 피어 났구나

마음 깊은 곳에
그리움 영글 때면
찬 서리 매서운 바람
작은 가슴에 껴안고
방울방울 빨갛게 익어갈
산수유 꽃

삶의 응어리

살아온 세월 얼마인데
햇살 한 줌 접어 하루를 묻어버리고
온종일 가슴 문질러 보지만
피를 바짝 말리던 몸뚱아리
생명의 끈 이미 끊어지고
번데기만큼 남아있던
온기마저 차가워졌다
십년 열두세 번 엮도록 살 것 같더니
십년을 여섯 번 겨우 넘기고 예순 여섯,

바람으로
얼기 설기 엮었다 허물며
다시 쌓으며 살았던 세월
명주 옷 한 벌 걸치고 불길 속에 누워
이생의 마지막 기억마저
연기로 날려 보내고
한 줌 재가되어 항아리에 담겨진 언니,
삶의 응어리여!

새벽에 내리는 비

까만 밤 뒤척이다가
어둠이 달아나는
이른 새벽
연회색 면사포 쓰고
한을 보듬은 비가
내려오나 보다

잊혀 지지 않는
그 님의 숨결
밤새워
기다리다가
가랑비 되어
새벽을 적시나 보다

세월

시간이 흐른다
생활이 흐른다
년륜이 쌓이는 여음,

무엇인가…
이토록 가슴 저리는 것은,
또 한해는 삼키어 지고
무엇일까
변색해 지는 공간의 의미는,

달력장에 온통 흩날려간 사연
저토록 새까만…
그것은
고독일까?

외면 하고픈 의미가 있어
소망이라 이름 지어 본다
그것은
그래도
가슴 한켠에 남아있는 자욱

이제
마지막
달력 한 장에
고독을 새겨 넣을
망각의 세월이여.

억새밭

넓은 바다 저편
길게 드리운 해안선이 보이는 언덕
제주시에서 중문으로 넘어 가는 들판

새들 무리지어 날으며
슬피 우는 소리 들린다
쉬이익 쉭 쉬이익 쉭쉭
가슴에서 토해내는 소리
고기잡이 아비는 돌아오지 않고
기다리다 지친 어미의 한 서린 흐느낌이
새들의 영혼되어
억새풀 바람으로 환생했을까

물결 따라 바람 따라
춤을 추는 억새풀
짙푸른 하늘
먼 바다를 바라보며
슬픔 삭이려고 온몸을 흔든다

언제쯤이면

겨우내 웅크렸던 벚나무 가지는
햇살 한아름 품에 안고
깔깔댄다

꽃망울 터질듯
가슴 설레이는 봄날
조팝꽃 한 무더기 꽃등 밝힌다

바위 틈에 고개 내민
연둣빛 새싹
이 봄, 다 – 가기 전에
연분홍 풀꽃 한 송이 피워냈으면…

방긋 웃는 꽃잎 언제쯤 볼 수 있을까?

왜?

은행잎이 떨어져
아스팔트 위에 구른다
은행잎이 떨어진다 한들
나무를 원망할 수 있을까만
왜 이렇게 마음이 허전할까

꽃이 지는 밤엔
가슴에 눈물이 고였는데
참새처럼 날으는 나뭇잎은
뚝뚝 떨어진 은하수 같아서
조바심이 나는 걸까

내일은
찬 서리 내리겠다

제비꽃

돌덩이 자갈밭 음습한 습지에
질기디 질긴 생명의 뿌리내려
기다림으로 기다림으로
외로움 삭이다가
하늘 높이 날고 싶은
꿈으로 피어났구나

어느 누구도
눈길 한번 건네주지 않았는데
어느 누구도
손 한 번 만져주지 않았는데
말없이 조용히 숨어 있다가
체념으로 시들어
누워버릴 것 같았는데

바람도 몰래
보랏빛 꿈을 꾸며
햇님도 몰래
꽃따지 꿈 그리며
하늘 저 높은 곳으로
날아가고 있구나

풀잎에 매달린 이슬처럼

우리는
사랑의 기억을 편집하고
편집한 기억은 추억으로 간직한다

서로를 사랑하고
사랑 때문에 또 아파하고
누더기 같은 추억 때문에
고독해진다 그러다가
온몸의 뼈와 살 뜨겁게 녹여 버리고
바람에 날리는
빈 껍데기만 남은 거미처럼
우리의 인생길은
격렬한 사랑의 진폭을 포기하고
한 줄기 바람에 떨어져버리는
풀잎에 매달린 이슬과 같다

엄영란

내 고향 예천 골짜기

기억 속 얘기들 단풍색으로 물들어 오면

나이 숫자를 잊고 그 들길을 걷던 갈래머리 소녀가 된다.

P R O F I L E

단국대현대문학 박사과정수료. 계간 『문파』 시· 수필 등단. 한국문인협회 동인지 연구위원. 한국수필가협
회이사. 한국여성문학인회, 국제펜클럽 회원. 문파문학상임이사. 한국음악저작권협회 회원. 수상: 창시문
학상, 시계문학상. 저서:『그리움, 이유』. 공저 『성큼 다가서는 바람의 붓끝은』 외 다수. 동요 〈무지개마을〉
외 다수 작사.

사슴

도망치다 돌아보는 여유
하늘에서 온 심령이더냐

생사 무념의 시공
그림자에 젖은 자화상

초극의 찰나

이제야 알겠네
총알의 속도처럼 스치는 삶의 빈 자리
잃어버린 기억

제비꽃

총총한 발걸음 잡는
네 힘은 어디서 왔더냐

손톱만 한 보랏빛 얼굴
내 영혼을 묶어버리는
네 끌림은 무엇이더냐

바람이 차다 속삭이는
나붓나붓한 입술
끄덕이는가 싶더니 아니라는
가느다란 목선은
누구의 선물이더냐

기와불사

용주사 마당
하늘 쪽 은하수 같은 연등행렬
스님 율법소리 가득하다

대웅전 법당
석가모니 불상 앞
헤일 수 없는 물음표 속에서
불씨 하나 두 손에 담았다

조지훈의 시비 '승무'를 가슴에 담고
효행각 입구
기와불사 받는 보살
석상처럼 서서 연잎 얼굴이다

둥글게 휜 기와장 등면
목화빛 불씨 지핀다
연꽃 마을 404동 302호
깨어나는 불씨
꺼질 줄 모르는 혼 불

세상이 佛花로다

시강詩講 아침

자동차 유리창 닦는 여린 손놀림
붓질하는 풀잎 위
여린 비 가을 나들이 하는 아침
첫 수업 출강이다.

강의실 창밖 솔 잎 끝끝마다
모양대로 아롱진 빗방울
의자마다 자리한 맑은 얼굴들
말을 담은 가슴들
비와 추억과 어머니,
우산 속 첫사랑
시향으로 가득한 강의실
잠자는 시인을 깨우고
시를 깨우고
나를 깨우는 시간
자신만의 시로詩路를 찾는다

9월 은행잎

단국대학 은행로
청춘의 담소가 익는 9월
은행잎이 연둣빛이다

쭉쭉 하늘 찌르듯 펼친 팔뚝에
봄볕 새 순 달고 나와
천둥 폭풍에 모질게 견디어
검푸른 청록잎 삼복더위 태우더니
불끈 거리는 힘줄
내려 놓으라는 9월

물드는 시간이다

밤낮으로 염불을 외웠니
봄날 애기 얼굴빛이다

떠날 때면 처음으로 돌아가는 짧은 시간
손 잡은 너의 임종이 그랬듯이
잎잎에 선명한 영혼이여
예측하지 못한 눈빛
잡고 싶었던 얼굴이여

반짝한 시간
너의 가까운 임종
오묘함이여
샛노란 내일이여

손

최초의 출발선에선 공기 쥔 주먹
갖은 물 속에서 잡으려는 본능에 취해
바람은 힘줄을 타고 풍상을 켜고
잡음과 놓음의 정원에 단풍이 들고
쥐었던 공기마저 놓고 가는 최후의 낙엽 가시 손

기억의 바람소리

아버지
어떤 이유로 내 이름 지으셨나요
바람에도 잎 적당히 흔드는 난이 되라구요
사시사철 변치 않을 푸름 간직했다가 꼭
그 향 만 리에 날 듯 말 듯이 소소한 맑음 비추라구요

그런데 아버지
바람은 아프다는 거
꽃을 피운다는 건 고통의 덩어리
그 향은 발효라는 걸
이제야 알았어요

아버지
은은히 소소하게 피었다 지면서
푸른빛 머리칼 기억의 바람소리

그 깊은
당 신 의 뜻
蘭 잎 흔들어 깨워요

국사골 한 마당

읍내 현수막 파란 하늘에 안겨
국사골 가재, 메뚜기 띄워 눈길 잡는다

국사골 가는 길
코스모스 꽃길 지나 마천길엔
사람인 양 허수아비 신작로를 메우고
가설무대엔 귀에 익은 노랫말이 국사골에 찾아들고
어릴 때
떫었던 수수떡
상 어른 대접 받으며 품절되고
아버지가 입었던 초록색 조끼
초록색 창 모자에 노랑 잎 마크 달고
친구들이 반갑다 손을 잡는다
무대 앞 흩어진 돌팍 위 할머니 할아버지
도란도란 앉아 어깨 들썩인다

논두렁엔 노란 들국화
햇살 잡고 목젖을 젖히며 웃어 댄다

그리움, 이유

밤이슬 찬찬한
가을 풀 꽃대 일렁이는 길을
마을과 마을을 잇는 그 들길
평행선으로 손 잡고 걸었지
종아리에 닿는 갓 피어난
풀꽃 부드러움과 들판가 득 곡식 여무는 냄새
달빛에 잠든 가을
그땐 몰랐지
눈빛에 선한 이슬 드리운 그림자
눈물겹도록 아름다운 밤이었다는 것
서른 봄을 보내고도
그날의 느낌
이토록 그리운 까닭

우리 엄마

넓은 강폭을 가진 강변
크고 작은 셀 수없는 돌맹이들
까무잡잡하고 부딪끼어 다져진 얼굴
엄마의 모습이다

긴 장맛비에 흙탕물 곤두박질 치며 달려들던 계곡
담금질 하는 사이
결 고왔던 얼굴에 다슬기가 다녀가고 모래무지가 집을 짓고
천둥소리 귀가 멀어 얼토당토 않은 대답
그저 바라보는 눈에 시간의 골의 깊이
밀리고 떠밀려와
어느새
여기에 다다른고

남의 나이 덤으로 먹고
남의 이빨 빌려서 살고
남의 귀를 끼워도 소용이 없는
닳아진 돌맹이로 강변에 살아
바람이 지나는 대로
눈이 쌓였다가 녹는대로

더 비켜 설 수도 없는
울 엄마

연필로 쓰는 편지

엄마가 하는 얘기
자음 모음 겨우 익힌 72년도 2학년
밤이 늦도록 쓰다가 지우길 수십 번
썼다가 지운 자리 구멍이 나고
엄마의 눈물 내 눈물 범벅에 구멍이 군데군데
서울 타향살이 오빠께 보내는
받아쓰기 편지

초등학교 졸업 후
형과 동생들 교육에 떠밀려
중학교 보내주라 빌면서 애원하는 맘
호되게 혼내어 서울로 보내고
시시때때로 받아쓰기 편지로 흘리는 어머니의 눈물

배가 고파 만두집에 일하다가
평생 만두솥에 빠져 사는 오빠의 삶
당신은 담배 살 돈이 없어
담배 피우지 못했다는 말
그래도 가족에겐 넉넉했던 큰 산 같은 오빠

평생 깊게 판 가슴속 눈물 샘
이미 뚫어진 편지지 구멍처럼 기억 속에 접어 두고

잊었다
다~ 잊었다
하면서 몰래몰래 자책하는
지팡이에 기댄 어머니

양지끝에 부는 바람

초여름밤 어둑함 찢어대는 소쩍새
가뭄에 심다 만 벼논에 쩍쩍 금이 가는데
어째서 풍년이 든다고 저리도 영롱한지
타는 달 머리 위 두고
양지끝 바람 일렁인다
아버지
반딧불처럼 깜박거리는 필터 없는 담배 물고
여윈 어깨 위에서 덜거덕거리는 두레박
늘어진 끈 잡은 딸
철없는 옛날 얘기 타령에
물웅덩이 전설이 내려 앉고
맞 두레박 잡은 팔뚝에 달빛이 익는다
퐁~철썩
퐁~철썩
한 말 됨직한 두레박에 쌀이 쏟아진다

가쁜 숨 몰아쉬는 이마
흘러 내리는 체액
촛대산* 넘어 온 바람이 양지끝**으로 분다

---
*촛대산: 예천군 유천면 화전동 앞산명칭
**양지끝: 들판 지명

어머니 손국수

말복이 지난 해그름
시골마을 연기 오르면
어머니 손국수 냄새가 난다
홍두깨와 안반 사이
말았다가 폈다가
들썩이는 얇은 어깨
허기진 그릇들
피어오르는 연기 속
바쁜 두 손놀림이 보인다.
어린 무잎 허기진 채 솥에 빠져
어우러진 부드러운 맛
젓가락 사이로 미끄러지듯 끊기는 국수 가락
뜨거움 걷어올려 여덟 그릇 담아내는
손국수 그릇 빙글빙글 피어오른다
푹 퍼진 보리밥 한 덩이, 양념 간장
말아서 주시던 닳은 손길
반짝이는 바쁜 중년의 어머니
멍석 깔린 마당가
배 드러낸 칼국수 솥이 보인다
한 올씩 피어오르는 어머니의 손국수 가락
혀에 감긴다

저 완벽의 불혹

가을이
온 세상 잎 위에 사-뿐히 앉는다
창문 밖
8시 30분 햇살이 나들이할 때
반짝이는 중년의 얼굴 보인다
가을빛으로 타오르는 그리움
바람은 다 알고 있지
살짝 흔들어 놓고 도망치고
되돌아와 뒤흔들며 장난쳐도
한 잎 엉킴 없어라
팔방으로 흔들려도 제자리 지키는
저 완벽의 불혹 아름다워라
내일은 더 곱게 단장하고
햇살에 전신을 태워
한 줄기 바람 보듬고 거닐면
그 자리에서
활화산처럼 타오르겠다

아픈 고무신

얼었던 운동장 조회 시간
꽁꽁 언 땅을 녹였던 너
조회 끝나고 줄 맞춰 교실로 향하는데
우연히 돌아본 자리
신발 한 켤레씩 줄 맞춰 얼고 있었다

발이 시리다 못해 무감각했던 것
누구도 그에 대한 얘기도 불만도 항거도 없었다

그때 얼었던 고무신
발톱 위
상처 딱지 하얗게 쌓았다가 허물며
토로한다

미안하다
신발이라곤 네밖에 없었던 배고픔이
무작정 인내했던
70년대 순진무구
미안하다

전정숙

하얀 도화지 안 작은 꿈 하나

12월 | 고마워 | 그려본다 | 기도 | 당신은 내게 | 들어준다 | 모습
벽 | 사랑하고 싶은 날 | 삶이란 | 숲속 | 이런 것 | 창의 빛
햇살 가득한 어느 날 | 희망이 없다

12월

그대가 한 걸음 한 걸음 멀리 뒷걸음쳐 가고 있네요
함께 울고 웃었던 시간들 한 장의 낙엽이 되어
훨훨 날아가고 있네요

다시 잡을 순 없지만 그대는 또 하나의 다리가 되어
성숙한 나를 만들어 주겠죠

고마워

내 발이 되어준 그를 놓고 왔다

4년 동안 얼룩망아지 손에 이끌려
어디든 함께했던 당신

지금은
그를 편히 쉬라고 천국에 두고 왔다
잘 있으라고 인사도 못한 채 떠나보낸 그가 그립다

그려본다

하얀 도화지 안에 작은 꿈 하나 펼쳐본다
꽃밭에 앉아 흥얼흥얼 콧노래를 불러가며
나비 한 마리에게 입을 맞추고 사랑을 받는 그림

하얀 도화지 안에 조그마한 희망을 그려본다
품 안에 수많은 시를 끌어안고 기뻐하는 모습을

하얀 백지 위에 깨알 같은 사랑을 적어본다
어느 순간 주님의 사랑이 가득 넘쳐 흘러

기도

두 발로 걸을 순 없지만
넓은 세상을 바라볼 수 있게 해주셔서
두 손을 자유롭게 쓸 순 없지만

영혼만은 주님과 대화하게 하소서
오늘보다 내일을 꿈꾸게 하지 마시고
오늘을 위해 최선을 다하게 하소서

저의 언어로 상처 입은 나뭇가지에게
햇살이 되게 하소서
주님의 마음으로 살아갈 수는 없겠지만
끈을 놓지 않게 하소서

당신은 내게

묵묵히 창밖에서 바라보고 있지요
어떤 모습 하고 있었도 환한 미소로 바라보고 있지요

바람에 흔들려도 따뜻한 햇살에 앉아 있어도
항상 든든한 울타리가 되어주고 있죠

들어준다

큰 바위에 비가 내리고 있다
빗방울 쓰라린 이야기를 들어주고 있다
따뜻한 눈빛으로

큰 바위가 말없이 바람의 이야기를 듣는다
흔들흔들 나뭇가지 속삭임도 들어주고
가슴 깊은 상처를 보듬어 주고 있다

모습

꽃비 내리는 날 이런 생각해 본다

세상이 흘러가면, 낙엽 한 잎 한 잎 주워 책갈피에 꽂아 놓으면

인생은 한 계단 한 계단 오르락내리락 한다

시곗바늘 4시 40분을 가리키고 있지만

아직도 철부지 7살 소녀의 지난 시간

한 권의 앨범 속에 추억을 다 담을 순 없지만

나이테 아래 조용히 놓아둘 수는 있다

벽

창문에 빗물이 흘러도 스며드는

내 두 뺨에 이슬이 고여도 따뜻하게 바라보는
천둥이 쳐도 흔들리지 않는

거친 바람 몰아쳐도 흔들리지 않는
끊임없는 침묵으로 대답 없는

속말 터놓아도 그저 스며드는 너

사랑하고 싶은 날

작은 방울들이 똑똑 문을 두드려
창문을 열어 놓기 무섭게
황금빛 날개가 베란다를
날아다녀 펄럭펄럭 옷가지들 춤을 추고
초록 초록 새싹들은 날개 아래 자라난다

거북이 등으로 세상을 바라보는
한 여인도 핑크빛
사랑을 꿈꿔본다
은빛 날개에 흠뻑 마음을 적셔 그녀도
푸른 소나무처럼 변함없는 사랑을 꿈꿔본다

삶이란

동전 한닢 굴러 내 지갑에 들어와 있다
그들이 넌 어디서 왔냐고 묻는다.

장터 할머니 손길에서 떠나 너희들을 만났어
어디로 가는 걸까

땅속 깊은 곳 바다 깊은 곳 비행기 타고
날아갈지도 모르지

그렇게 우리는 흘러가는거야

숲속

빨 주 노 초길을 천천히 밟아간다
빨간 장미 향기에 취해
노란 나비 날아와 쫓아가고

푸른 숲을 지나 황금빛 날개가 펼쳐져
빙그레 웃음 짓고
콧노래 흥얼흥얼 시간이 빠르게 지나왔다

돌뿌리에 넘어져 한숨 소리 커질 때면
따뜻한 손길이 나를 잡아준다

이런 것

무지갯빛을 걷다가도

구름 가득한 얼굴로
한숨 소리 커지기도

해바라기 길 쫓아가다가

돌아서 거친 바다 한가운데 서 있기도 한다

창의 빛

눈감고 똑똑똑 시곗바늘 소리에 귀를 기울여본다
시간은 거꾸로 흘러 철부지 열 살로 돌아가 있다

온몸으로 바구니 하나 끌고 나와
집으로 가겠다고 울부짖었던 나

이제 갈 수 있는 다리 놓아져 있지만
마음이 건너가기 어렵다

거북이 손등으로 생일상 차리시는 어머니 모습
가슴에 돌 하나 들어 있다

햇살 가득한 어느 날

구름 한 점 짝 펴 개나리 잎 떼어
얇게 깔아놔 튤립 향기 가득 담아

파릇파릇한 새싹 한 입 두 입 떼어
사이사이에 펼쳐놓고 돌돌 말아 누드 김밥 만들어
참새들과 봄을 만나러 가야지

희망이 없다

낡은 지팡이
하나가 어두운 터널을 힘겹게 지나가고 있다
지금 어디로 가는지도 모르게
가다가다 멈춰 문득 서보니
하얀 백지 안에 서 있다

한 방울 두 방울 두 뺨을 적시고 있다
그저 바라만 볼 수밖에 없는 못난이 인형
훌쩍훌쩍 소주잔을 기울인다
새벽이면 물거품 되어 바다 깊은 곳
땅속 넓은 곳으로 가 있을지도

김용구

빠르게 흘러가는 시간

즐겁고 어려웠던 삶의 여정

그 발자취를 시어로 드러내고

싶었습니다

가곡명태 | 그림처럼 아름다운 나라 스위스 | 명상의 길에서 | 보배의 섬 진도여행
산다는 것 | 슈베르트' 아르페지오네 소나타 | 시골마당 멍석자리의 추억 | 일요일에
장항선 철길 따라 | 정리의 시간 | 케네디 백악관 음악회 | 향수 시인 정지용

P R O F I L E

충남 논산 출생. 『문파』 시 부문 당선 등단. 전 창시문학회 회장. 저서: 공저 『그림이 맛있다』 외 다수.

가곡명태 - 명태의 운명

애주가들이 즐겨불렀던 명태
6·25전쟁 중 바리톤 오현경이 부른 가곡
씩씩하고 해학적이며 서민의 애상이 깃든 가곡

'검푸른 밑에서 사랑하는 친구들과 줄지어 떼지어 꼬리치며
춤추며 몰려다니다가 어부의 그물에 끝장이다'
태백준령에서 겨우내 얼었다가 녹았다가 반복하여 부드럽게
황태로 다시 태어난 것이다
'미라가 된 에집트의 왕'이라고 했다
'카~' 출출한 뱃속에 독한 쐬주 털어 놓으면 고통과 환희 감탄을
토하던 6·25 가난 시절
'짝짝 찢어지어 내몸은 없어 질지라도 미라처럼 뻣뻣해진 한밤중에
안주가 되어 세상에 사라지고 이름만 남는다'는

동태국을 먹으며 베링해 깊은 바닷속을 헤엄치다가 그물에 걸려
내 식탁에 왔을 것이라고 명태의 기구한 운명을 상상해 본다

함께했던 바리톤 성악가 문우의 명태 가곡 소리 우렁차게 들으며
앙콜을 외치던 순간을 기린다

---

*작은 괄호 내용은 명태가곡에서 인용함.

그림처럼 아름다운 나라 스위스

스위스
호반의 도시 쥬리히 소도시 스피츠 호수로 둘러싸인 인터라켄
융후라우 정상까지의 여정

조그만 마을 스피츠의 하루
다시 가고 싶은 환상의 마을
호수로 둘러쌓인 인터라켄 지나 융호라우 정상으로 가는 톱니
바퀴 기차
3454m에 위치한 기차역 두 개의 거대한 빙하로를 거쳐 신비의
정상
사계절 눈에 덮힌 봉우리 얼음 동굴
감탄사 연호하네

정상에서 내려다본 스위스
거울 같은 호수에 비친 흰 눈을 인 산봉우리
높은 언덕에서 풀을 뜯는 가축들의 평화로운 모습
목가적 낙원이다

시계 초코렛 나라
달콤한 초코렛 먹으면 그림 같던 스위스 풍광이 어른거린다

명상의 길에서

길은 삶이고
삶의 과정
삶의 터전

길은 산촌 어린이들의 놀이터
길에서 크고 길에서 자랐다

가다 보면 숲이
숲을 지나다보면 늪이
그 늪에서 허우적 거리다 보면
기어 올라올 길이 나타나고

인생길에 작은 변화를 이루어
즐거움 행복을
명상의 길을 통해 밝힌다

보배의 섬 진도여행

한 번 주인이면 평생 주인으로 섬기는 진돗개의 섬
이순신 장군의 명량대첩 남종화의 산실 우림산방을 돌아 보았다

명량 대첩
13척 전함으로 적함 133척을 격파하고 대승 거둔 해전
모함으로 하옥되었으나 다시 통제사가 되어 조국 수호신이 되신
성웅 이순신 격전지를 찾아 그를 흠승하고 기렸다

운림산방
세계 유일 일가 직계 5대 화백이 200여 년 이어지는 화실
수없는 봉우리가 어루지는 깊은 산골 첨살산 피어오르는 안개
구름숲을 이루는 곳
세한도로 유명한 추사 김정희 시와 그림을 전수받은 소치 허련 선생이
기거하시던 가옥 화실 영정실 모습
남종화 산실에는 그 얼이 지금도 살아 있다

산다는 것

집사람이 교통사고로 한 달 넘도록 입원 했었다
허리디스크 손상 퇴원 후 후유증으로 일주일에 3일 통증크리닉
허리 통증으로 불면의 밤을 보냈다
건강의 소중함 되새기며 부부애를 재확인하는 시간

아침식사는 나의 몫
식빵에 치즈 저지방 우유 야채 사라다 다양한 과일 한 접시
따뜻한 커피 한잔 에 마음을 녹인다
설거지는 이제 익숙하여 재미롭다
일주일에 한두 번 장보기 세탁기 돌리기 말리기 정리하기도 익숙하다
밥 하는 방법도 배웠다 주부의 번잡한 살림살이 체험하는 시간

삶의 여정 속에 우리 명동성당에서 만난 지도 어언 50년이 되어간다
35년 직장생활 동안 가정에 소홀하여 미안함 느낀다

하느님이 주신 귀중한 체험 반성으로 삶의 여정 생을 잘 가꾸고
살아가야 겠다

슈베르트' 아르페지오네 소나타
-슈베르트의 생애 소묘

문우 아르페지오네 소나타 시를 읽으며
슈베르트 소나타를 감상하는 여유를 가져본다

예술 동반자가 빚은 마술적 열정이 담겨있는 곡
체리스트 로스트로 포비치의 뜨어난 연주 오페라 작곡가
베자민 브리스톤 피아노 연주가 정감을 더한다

슈베르트 소나타 D821을 감상하며 생애를 더듬어 본다
낭만주의 시대 빈에서 태어나 짧은 생애동안 633개 가곡
교향곡 협주곡등 모두가 경이롭다
밀러시에 연가곡 〈아름다운 물레 방앗간의 아가씨〉
가곡 〈겨울 나그네〉를 들으면 인생이 풍요롭고 고뇌가 사라진다

오스트리아 빈 공원에 세워진 위대한 음악가의 동상에 수많은
사람들이 경의를 표한다

문우의 슈베르트 음악과 아르페지오네의 관계에 대한 찬미
'생명의 소리를 만들어준 장인의 혼이 위로 받을 것이요
당신의 예술혼이 나의 목소리로 오롯이 담겨 있네요'라고

시골마당 멍석자리의 추억

종일 달아 올라 저녁때 까지도
후끈후끈한 폭염이었다

멍석에 누워서
콩마당 같은 하늘을 올라다 볼때면
귓전에 모기가 앵앵거려도
하늘에 별을 보며 좋아했다
부모 형제 모여 소근소근 대던
그때가 그리워

가족들 형제애
어머니 모성애 충만했던 멍석 자리
따뜻한 기억들
어린 시절을 그리워하며
어린 시절로 가는 여행

일요일에

탄천 따라 오천 보길 걷는다

미금 농협 골목 노점상
농사 지은 과일 채소 소담하게 담아 놓고
팔고 있는 주름진 할머니
일요일 휴일이라 주위가 한적하다

파란 호박
제비 빛 가지
파란 고추
푸른 상추 주섬주섬 담는다

갈 길이 멀다고 조금만 주라고 해도
더 많이 담는 할머니의 풍성한 손길
세종대왕 한 장에 두장을 거슬러 준다
작은 돈 한 장을 감사의 마음으로 주었더니
이런 일은 처음이라며 흐뭇하게 웃음 짓는 할머니

귀갓길 다시 오천 보
손은 무거워도
음성 박자 엉망이지만 여러 가곡 응얼거리며

행복했던 할머니 미소 떠올린다
주일 하느님 은총과 축복에 감사드린다

장항선 철길 따라

유유자적히 떠나는 길
신선한 바람 울긋불긋 물들어 가는 산내음
코끝 눈빛이 시릴즈음 옛 추억이 스치운다

서해안 고속도로 개통하기 전엔 장항선은
느림보 충청도 기차여행이었다
그래도 마음은 설레었다

장형이 장항 운수회사 봉직할 때
웃음으로 반겨주시던 아주머니의 미소
지점장실에서 늠름하시던 장형의 모습
새삼 그립다

은행에 근무하던 시절
거래처인 국립 장항제련소 답사 후 가족들과 만나 동백정 해수
욕장에서
즐거워했던 아들 딸
모두 중년이 되어 각자 보금자리 이루고
환대해주던 광업제련 회사 선배 두 간부 눈에 선하다

느림보처럼 걸어온 인생길

어느덧 노인이 되어
낙엽진 단풍처럼 허허로운 마음 어찌할까

정리의 시간

한 해를 마무리할 시간
오래만에 책장 정리를 한다

언젠가 다시 읽겠지 쓸 데 있겠지 하고
쌓아두고 모아두었던 것들
이제 미련을 버려야 할 시간이 가까이 다가옴을 느낀다

세월은 날개를 달고 빠르게 지나가지만
시간의 빠름처럼 행동은 반비례한다

추억은 추억으로 남겨두고
한 시대가 넘어가는 시간이다

쓸모없는 물건 정리하고
군더기 없는 무욕으로
인생 갈무리하며 정리해 본다

케네디 백악관 음악회

-체리스트 거장 파블로 카잘스 추모하며

파블로 카잘스의 백악관 콘서트
케네디 대통령 백악관 이스트룸 연주회를 감상한다

거장 체리스트 카잘스를 떠올린다
스페인 프랑코 정권에 저항하여 미국령 푸에르트리코에 살았고
그는 위기를 반전시킨 절대적 지도자 케네디를 존경했다

케네디 백악관 음악회
명장 카잘스의 강인한 신념은 시대의 양심으로 느껴진다
'새들의 노래'는 명장의 흐느낌과 탄식이 터져나온다
선율속에 그의 조국 스페인에 대한 향수가 느껴진다
고향에 가지 못하고 프랑코 독재를 증오하면서 이국에서 생을 마쳤다

이 음악이 불현듯 생각나는 것은 지금 백악관 주인과 한반도의
운명이 연상되어 걱정스러워서다

향수 시인 정지용

무더운 여름날에
생기넘치는 정지용 생가 문학관이 있는 충북옥천을 찾았다

정지용 초가생가
안팎으로 수줍움이 묻어나는 곳
우물 장독대 발길이 닿는 곳마다 소담스럽다
아련한 그리움과 함께 행수 노래를 흥얼 거린다

정지용 문학관
지용의 삶과 문학 그가 살았던 시대적 상황 알수 있다
1910년에서 1950년 사이 현대시 변화 발전을 한눈으로 볼 수 있다

향수의 시인 정지용
고향을 그리는 토속적인 언어가 세련 되었다
현대시의 새로운 경지를 개척하여 신선한 감각과 독창적 표현으로
우리 언어를 시적으로 현상화한 민족의 정서를 가장 잘 표현한 시
인이다

시인 정지용을 흠모해 본다

김문한

수없는 날들의 고초, 잎 붉어져 아름답고

빛이 있기에 | 아침바다 | 바위섬 | 눈물 | 콘크리트길에 핀 꽃
하산 | 이제 떠나야 한다 | 억새의 울음 | 이심전심 | 그대가 있었기에
십이월 마지막 날의 기도 | 아버지와 막걸리 | 어제 같은데 | 우물 2 | 통나무

빛이 있기에

길에서 넘어져
이 생각 저 생각에 잠을 설친 아침
소리도
냄새도
색깔도 없는 아침 햇빛이
창문을 두드리고 들어와
혼을 깨워 눈 뜨게 하고
하늘을 물들인 바람의 빛깔도 보인다
찬란한 빛이
내 몸 속 어둠을 밀쳐내고 있다
그래, 일어나야지
비록 서툴렀지만 다시 시작해야 한다
비바람에 시달려도
빛이 있기에 들꽃이 피지 않더냐.

아침바다

하늘을 사랑하여
바다 속에서 잉태한
불덩어리, 지금 막
솟아나와 어둠 물리치고
온 누리 밝히고 있다
아직도 그 언저리 벌건데
출렁이는 파도
수천수만 마리의 물 지느러미 되어
해안으로 몰려온다
뭍으로 올라오지 못하게
잠재우는 모래사장
철석하고 부딪칠 때마다 소리 내며
흰 레이스 펄럭이는
정겨운 아침바다.

바위섬

바다에 떠 있는 섬
여기저기 보물 찾아 헤맸으나
아무것도 찾지 못하고
파도소리만 점점 사나워진다
당황하고 있는데
세파 잠재우는 길은 집념이라고
하늘이 외쳐댄다
그래, 길을 찾아야지
망망 바다에 길이 열리면
떠돌이 섬은 뿌리박힌 바위섬이 되어
멀리 갔다 돌아오는 배의 표적
피곤한 갈매기의 쉼터 되고
밤에는 별들이, 구름도 머물다 가는
간이역이 되리니.

눈물
– 밴쿠버 올림픽의 김연아

그것은
얼음판에 떨어지는 작은 생명체였다

아침 이슬과 같이
때 묻지 않은
그녀가 지닌 것은 이것 뿐

천사의 율동
물이 흐르듯
유연한 회전과 점프 눈물겨워라

넘어지고 또 넘어진
힘들고 외로웠던 고행 뛰어 넘어
꿈을 이루기 위한 열정
얼음판을 녹였다

아름다운 집념
아낌없이 바친 그녀에게, 당신은
기어이 열매 맺게 하시고

웃음 주신 후에
감사의 눈물 흐르게 하신다.

콘크리트길에 핀 꽃

멀리 와서
자동차 달리는
콘크리트길 실낱 같은 틈에
뿌리내린 이름 없는 꽃

하늘 기웃거리며
내민 얼굴에 먼지 가득
가냘픈 몸으로 어둠 뚫은
힘과 집념 놀랍다

솔솔 부는 바람에
그리움 보내며
살며시 미소 짓고 있는 너는

구름 한 조각 잘라다가
현弦을 만들어 노래하는
천사 같고

네 몸에 흐르고 있는
겁 없는 혈기
두려움 모르는 장수將帥 같다.

하산下山

높은 산
젊은 혈기 하나로
오직 앞만 보고
미끄러운 바윗길
안간힘 다하며 기어올랐다

해는 서산에 걸쳐있고
보일 듯한 꼭대기 보이지 않는다
앞에 '더는 올라갈 수 없음'이란
붉은 표지판이 있다

아쉬움 속에 되돌리는 발
힘 빠져 휘청 이다가
미끄러지는 영혼 지팡이로 버텼다
오를 때 보지 못했던
떡갈나무, 참나무, 느티나무
수없는 날들의 고초를 겪은
잎 붉어져 아름답고

저녁 하늘엔 새들이

땅엔 땀 흘리던 개미들도
제집 찾아 가고 있다
닳아빠진 신발에
어둠이 스며들고, 빛바랜 풀 속에서
은은한 노래 소리
지친 몸과 마음 달래어준다.

이제 떠나야 한다

참 멀리 왔다
어떤 이는 버스 타고 가고
어떤 이는 기차 타고 가는데
걸어서 가야 했기에 시간이 걸렸지만
안간힘 다하여 어둠을 개척하고
황무지에 나무 심었다
물 주고 거름 주며
비가 오면 비막이
바람 불면 바람막이 되어
흐르는 땀으로 가꿔
무성한 잎 나그네 쉬었다 가는 그늘 되고
꽃피워 잘 익은 열매
배고픈 사람 밥이 된 것
생각할수록 큰 은혜였다
뜻한 것 이루었을 때의 기쁨과 설렘
별들의 수ᄒ를 찾으려
뜬눈으로 밤새우는 수도승의 삶
땀으로 얼룩진 정든 여기
세월의 물결 따라
자리 비울 때

손 때 묻은 모든 것
하늘에 맡기고 그냥 떠나야 한다.

억새의 울음

윤택하던 들판
잡풀만 우거지고

아무도 보이지 않는데
훌쩍거리는 소리 들린다

자식 위해
땡볕에 일하시던 어머니만 남고

은회색 꽃필 무렵
모두 떠난

마을 입구에
꼿꼿이 서 있는 깡마른 억새 한 포기

바람 불 때마다
서걱대며 울고 있다.

이심전심以心傳心

하루 종일 밭갈이로

땀에 젖은 소 등을 어루만지는

할아버지 손은

연민憐憫의 정으로 떨리고 있었다

고개를 휘저으며

오늘따라 맛있는 쇠죽 먹는

소의 얼굴은 기쁨이 가득

서로의 적막 나누고 있는 외양간

지나던 석양이 조용히 바라보고 있다.

그대가 있었기에

무거운 짐 지고
따가운 햇살에 비실거릴 때
그늘 되어주신
그대가 있었기에 일어설 수 있었습니다

웃음소리 바람소리에
내가 나를 버리려 할 때에도
눈 오고
비가 와도
가야할 길 가야 한다고
위로와 용기주시고
신천지 밑그림 그려주신
그대가 있었기에 외로움 견딜 수 있었습니다

무슨 연의 끈이 있었기에
이렇게 잠잠한 감동으로
만날 수 있었는지 알 수 없지만
그대가 부르는 소리
언제나 얼어붙은 내 가슴 녹여줍니다.

십이월 마지막 날의 기도

세월은 내일이면 새해입니다
어느 사이에 얼굴에
주름살 흰 머리카락 늘어나
나이테가 발뒤꿈치를 추켜올리고 있는데
마음만은 아직도 푸르러
늦게 시작한 시 쓰기에 정신 팔려
봄·여름·가을과 놀아보지 못하고
이 해의 막다른 골목에 서있습니다
무엇엔가 쫓기듯 달려왔지만
안개 낀 눈, 녹 쓴 귀, 이끼 투성이 몸통
시 쓰게 길 열어 주시고
부딪치는 마디 어루만져
비바람 부는 날에도
등 밀어주신 당신에게 감사합니다
고개 넘어 새해에도
지난날의 증오와 아쉬움 지워주시고
겨울을 이기며 살아가는 나무 같은 용기
아직도 좋은 시 쓰고 싶은 꽃과 같은 사랑
녹 쓸지 않게
몸과 마음 구석구석 밝게 비쳐주시고

시마다, 모국어로 나를 채워주시어
아름다운 열매 맺을 수 있는
비옥한 시간 허락하여 주소서
기어이 어두워지면
별이 되고 금덩이 같은 달이 되게 하소서.

아버지와 막걸리

추수가 끝나고
피곤한 몸 쉬려고 하던 저녁 때
일본인 관리가 찾아와
공출에 대해 말다툼이 벌어졌다
그는 쪽지 하나 남기고 가버리자
술도 못하시는 아버지, 어디서 마셨는지
나를 부르는 입에서 막걸리 냄새가
문풍지처럼 떨고 있었다
죽일 놈이라고 소리 지르며
천수답에 물 대느라 밤잠도 못자고
뼈 빠지게 농사지었는데
내년 봄에는 무얼 먹고 사느냐고 울음 섞인 소리로
'노새 노세 젊어서 노세 늙어지면 못 노느나니'
난생 처음 들어보는 곡조도 맞지 않은 한탄
아버지가 왜 그리 측은하였던지

비명 같았던 아버지의 노랫소리가
둥근달에 걸쳐있는 구름사이에서 들릴 때마다
내 눈가에 이슬이 맺힌다.

어제 같은데

들꽃이 아름답게 널려있는
산기슭 목조 찻집에서 처음 만나
나는 그대를 그대는 나를 사랑한다고
맹세하던 때가 어제 같은데
어느새 낙엽 지는 가을이 되었네요
처음 잡은 부드러운 그대의 손 소나무 껍질처럼 되고
나를 바라보던 눈은 그 때나 지금이나 변함없는데
윤기 나던 검은 머리에 서리 내리고
고운 얼굴에 새겨진 흔적 마음 아프게 합니다
둘이서 세웠던 젊은 날의 계획
달빛 같은 희미한 어둠의 세상 더듬으며
애쓰며 살던 날이 바로 어제였는데
화살처럼 세월은 가버리고
함께 꿈꾸며 가꾸던 이런 일 저런 일이
아득한 옛이야기가 되었습니다.

우물 2

고향 마을 산기슭 낮은 곳에 있던 우물
깊지 않았지만 물맛 좋다고 소문났다
끼니때가 되면 여인들은
우물가에서 먹거리 준비하며
세상이야기 꽃피우며 삶의 시름 잊곤 하였다
아이들은 그 물 먹고 마시며 자랐고
일에 지친 아버지 어머니의 갈증 풀어주기도 하였다
땀 흘리며 지나던 나그네
값없이 마시며 고마워하고
퍼내고 퍼내도 마르지 않고
마시고 마셔도 고이기만 했다
자란 아이들 마을 떠나 도시로 가고
고향을 지키시던 부모님도
한 사람 한 사람 산속으로 이사갔다
밤마다 찾아오던 별님과 달님의 발걸음도 틈 헤져
적막과 고독으로 시름시름 앓기 시작
이전에는 맑은 생수 넘쳤는데
지금은 옛날의 그림자만 어른거린다.

통나무

씩씩하게
하늘 보고 쑥쑥 자라
푸른 꿈이 가득했던 나무

세월의 턱에 걸려
밑둥 잘리고 몸통만 남아
살아서 못 한 일
저승에서 찾고 있다

땅에 박는 말뚝이 될까
보금자리 꾸미는 뼈대가 될까
삶의 편리한 반려자 되고도 싶고
어머니 도우미 도마가 된들 어떠리

영원한 삶 속으로
수렴收斂되기 바라는 통나무
가득 실은 기차
어둠 속 힘차게 달리고 있다.

김건중

시의 세계가 너무 넓어

해가 갈수록 시 쓰기 어렵다

바닥난 우물 깊이를 스스로 알면서

한 걸음씩 나아감을 즐기다.

P R O F I L E

전북 완주 출생.『문파』시부문 신인상 등단. 한국문인협회, 창시문학회, 대한민국 미술협회 회원. 문파문학
회 이사. 대한민국 미술대전 2회 입선. 개인전 1회(서울갤러리). 저서『길 위에 새벽을 놓다』, 공저『가을 그
리고 소리』『그림이 맛있다』『문파문학 2015 대표시선』외 다수.

그때, 그곳

철없이 꿈 자랐던
달맞이꽃이 반기는 산골마을 그 집에 간다

뒷동산 상수리 나무 열매 소리 없이
떨어져 스산했던 그 밤
다람쥐 눈망울 튀어나오고
달빛도 하늘 높게 맑아
별똥지는 산마루 섬광으로 번쩍이고
청승맞게 울어대는 부엉이 소리
산허리 돌아 울림 숲속을 날았다

마당 건너 떨어져 있는 뒷간
용무 보러 가는 후진 곳
달빛 내 마음에 비친 그림자 스스로 놀라
소름 끼친 실시했던 순간 그림으로 살아 있다

사랑방 아궁이 밑 불 사그라져
할배 바튼 기침 잠잠할 때
잠에 취해 꿈을 잠재우고는 했다

아침 햇살 아버지의 깔짚 위 이슬 젖어
눈부시게 반짝이는데
여물 썩는 작두 위에 풀향기
마당 한 바퀴 넓히고
보리밥 누룽지 익어가는 부엌엔
어머니의 쪼그린 그림자만
노릇했다

시詩 쓰기 어렵다

백지 위에 편히 구르다가
멈칫, 갈 길을 잊는다

작은 빛 창문에 무겁게 내려 앉는
밤의 한켠. 시정을 키우려니
얕은 우물에 두레박 가벼움같이
밑바닥 자갈만 보여
상념의 화살 허공을 날아
착지가 없다

쓰지 않고서는 견디지 못하는 시인의
철학적 사유와 깊은 학문 넓이
광활한 자유의 상념들
감동의 물결 숨을 멈추게 한다

곳간에 쌓아둔 경륜 어린 알곡 없으니
진솔한 영혼 쏟아내는 벌판 모르고
창조적 언어의 뒤에 젖어
흙먼지만 가슴에 가두고
겉치레 같은 껍질만 나불거린다

"모른다는 것을 알게 되는 것, 큰 발전"이라는
말씀도 있지만
빈 가슴에 열매 없는 허전함

백지 위의 공간을
채울 길. 어딘지 헤매고 있다

오욕의 담을 넘어

소곤거리는 말소리 만리를 날아
속마음 들켜버린 어정쩡한 무색함
손바닥 뒤집듯 세련된 거짓말
악취나는 걸음걸이

거울에 비친 민낯 드러날까
청개구리처럼 엇갈림 즐기다가
낯 뜨거운 고갯길 막고
숨 고르는 시간 가슴 저려왔다

나무 등걸에 엉켜붙은
거북등 같은 떨떨함
바람소리에 흔들려
곰삭이는 울림 털어놓고

가마솥 끓는 앗 뜨거운
김의 들썩임 물방울 되고
얼음장 녹아질 때까지
하늘길 활짝 열고
활활 날려 보고 싶다

사랑의 역설

바다의 울음. 파도의 깊이만큼
마른 가슴에 상처는
그렇게 깊게 있었다
그 아픔이 사랑의 역설적 표현임을
알 때까지는
오랜 시간이 걸렸다
한참 젊음의 키가 자라고 있을 시기
나의 장래 고것 밖에 안된다고
"고 뿐"이라고 이름 붙여 부르셨다
악담처럼 귀에 젖어
가슴 깊이 대못 하나 박혀도
대학 보내 주신 감사로
불평 한 번 못 하고
스스로 "꿈 사리"라는 호를 붙여
웅크린 꿈을 키웠다
일찍이 묻어야 할 아픔
장래가 안타까워 하신 말씀 알고
자식도리 다 하지 못한 죄
눈물로 이 글을 올린다
사랑의 부정父情
그 님의 생애 슬프게 돌아본다

문턱을 낮추다

마음에 둔턱 손등 밝히니
비탈의 빠름세
세월의 무게가 깊다

너의 눈빛에 주렁주렁 매달린
충혈된 눈 빛
맑은 하늘과 흐드러진 꽃잎
모두 내 것인 것 모르고

앞에 놓인 지느러미만 껴안고
운명 같은 갑질 온도만 높이다가
요란한 천둥소리 얼음 깨지는
아픔에서 깨어날 때
명중의 환희 일어났다

낮아진 깊이로 땀방울 마시고
가난한 시냇물 바다로 흘러
새벽을 앞당기는 밤의 향기
짙은 맛 알 것 같다

여름밤의 꿈

어둠 자락 후덕지게
허기 내리는 여름밤
맴도는 땀 냄새에 절어
땡볕의 그림자를 끌던
짠물 나는 삶의 언저리
뒤척이는 벼게 위에
잃어버린 가시나의 향내
강 물 건너 그림자로만 남아
애달픔 짙게 흐른다

시를 쓰게 한다

허둥대며 머리 긁는 무더운 여름밤
무심코 들은 것
백지 위에 펜이 놀고 있다
헤매는 종이 위
글자 지우고 또 지우고
종이를 찢었다 붙이기를 반복
원고지에 줄이 줄줄이 그어진
얼룩진 언어가 고뇌를 낳게 하고
돌아가는 펜 자국은
여름밤 닮아 흥건한 땀 냄새만 흐른다
언제부터인지 머릿속에
시어 고르는 소리 들리고
나도 모르게 언어의 끈을 잡고
펜이 닳아 버리는 꿈을 꾼다
선지자의 시 겸허하게 읽고 감탄하며
작가라는 이름 위에 존칭을 붙인다
생명 있는 글 어떤 것인지 아직 몰라도
글 근처를 배회하다 보면
더 가까이 갈 수 있으리라는 믿음
큰 숨을 내쉬며 시 한 수
사랑으로 끌어 안는다

썩어야 사는 것

산 정상에 오른 등산가
큰 숨 쉬어 통쾌함 얻는 것은
올라오는 과정이 험난했던 탓

어느 시인은 "시를 쓰면서 우물 속에 비친
내가 아닌 또 다른 나를 발견하고
그 경이로움에 나를 사랑하게 되었다*"라고 말했다
호두의 새싹 나오려면 겹겹이 쌓인
껍질 썩어서 생명 일어나듯
시는 우물 속에 나타나 내가 아니라
마음속 깊이 자리잡은 또 다른 나를
발견하고 허상에 나를 깨 부수는 아픔 있을 때
생명 있는 시가 나온다는 뜻인가

배추가 소금에 절여 푹 익지 않으면
김치 맛 아닌 것처럼
세상에 다양한 경험. 험난한 그림자
깊이 있는 우물에 푹 담궈져
우러나오는 맑은 언어, 시의 옷을 입을 때
감동으로 전해지는 것을

묵은 통조림에서 땅콩알 꺼내듯
생명 없는 글을 토해도
너절한 푸념 나열에 불과할 뿐

내 마음속에 숨어있는
이중적 사고, 너덜거리는 욕심. 불안 초조 같은
흐트러진 몸짓
모두 썩어 내려야 또 다른 나를 만나게 되고

선녀봉에 막 채화된 언어
부활의 꿈을 꾸는데
어떻게 썩어야 하는지 방어적 핑계 많아
나이 늙음 흘러도 먼 하늘 방황의 숨결만 높다

---

* 『문파』 여름호 '강영은' 시작노트에서

바람의 끝자락

바람 위로 흩어진 구름
줄기 줄기 대지 위에 흐를 때
꽃비 내리는 찬란한 성찬 열린다

촉촉한 이슬 거두어
별빛 새는 마당 봉숭아 향기 뻗고
흔들리는 보리밭 일렁이는 파도
배고팠던 서러움은 새롭게 덮는다

파도로 말하는 바다의 울부짖음
내일의 태양을 맞고
허리 굽은 밭고랑 밀짚모자에
흥건한 땀방울 거둔다

휘감고 돌아가는 언덕바지
허리띠 다시 매는 허기짐 달래며
들국화 꽃잎 하나 미소로 답하고
어쩌다 홀로된 젊은 여인의 바람난 사랑은
못 잊을 정한情恨만 남기도 한다

이파리 다 잃은 알몸 사시나무
칼바람 야무지게 불어 얼음장 될 때
맨살로 간 영정 앞 촛불 꺼지고
빈 열기 피어오르는 검은 밤
납골당에 그려 놓은 달빛 그림자
고요한 정적만 남는다

눈을 뜨라는데

그림자를 밟고 서 있는 한 노인
검은 문 앞에서 서성거리니
소리 없는 마음만 두근거린다

여든네 번이나 헛개비 물레 바퀴 돌리고
빈 가지에 맞바람 불어
아무것도 맺을 열매가 없다

가난 핑계 삼아 상아탑은
그저 지나는 그림자에 불과했고
책장 넘기는 소리 깊어
가을 저물고 겨울이 여무는 소리에
세월의 언덕에서 영혼의 소리에
탑돌 하나 얹어 놓지 못한 죄가 너무 크다

고난의 역경 눈물로 새며
생을 받친 세계적 문호의 작품
한 줄도 탐하지 못했고
비연의 고뇌에 젖고 질병과 싸움
짧은 삶을 마감한 악성들의 명작

뒤늦게 세상 눈물로 흘러도
감동의 울림 귀가 열리지 못했다

이제 넓은 세상 눈 한번 떠보라는데
황혼의 기울음 얼마인지 몰라
"이대로는 가지 말게
너무 좋아하지 않아
속옷이라도 한 벌 더 입고 가야지"
마음속에서 하는 말 허공에 진다

4월이 지다

바다 갯벌 안개빛 흩어져
섬 그늘 너머
육지로 살같이 번지는 꽃 바람

따스한 봄빛. 살가운 4월

무슨 말로 계절의 찬란함 그릴 수 있을까
흐드러진 꽃들의 잔치
벌. 나비의 향연
솟아나는 생명의 용트림
갓 피어나는 청춘의 욕망 가득 찬
꿈의 얼굴이다

언덕바지 봄을 캐는 여인들의 콧노래
한 편의 시가 흐르고
벚꽃 숲 밑에
후진 간이 천막 하나 설치해 놓고
문 앞에 가지런히 놓인
남.녀 신발 한 짝
벚꽃이 한잎 두잎 떨어져 축복 입히고

새벽 달빛 은은한 사랑을 쏟는다

목련 꽃 바람 불고 비마저 후질게 내려
꽃잎 잔인하게 떨어진 자리
눈물겹게 흐르는 액진
5월 앞다투어 와
서럽게 4월을 지운다

병과 더불어 산다

침대도 사람도 다 누워 있다
519 병실 창살 비집고 들어온 햇살
희미한 맥박만이 젖어있는 6인의 환자
낙망을 서둘러 깨운다

아침 9시. 흰 가운 입은 의사
어둠의 초청장 같은 짧은 병명
내 앞에 흘리고 간 뒤
그림자가 무섭도록 소름 끼쳐 오금 저려온다
응급 침대 숨 가쁘게 이리저리 흔들리고
생명줄 당겼다 놓았다 하는 다급한 시선
종합병원 살기 어린 풍상. 내 일 같다

송곳 같은 주삿바늘 공포 벗어나고
비어가는 링겔병 한 방울의 눈물로
삶을 호소하던 애처로움
주렁주렁 매달린 욕심의 그늘
모두 뒷이야기로 담 넘어 보내고
거들먹거리는 몸짓도 잠재웠는데

병균과 싸우기보다 함께 살라는 현자의 말
이웃이 가까이 있어 이웃이듯
병균이 몸에 있어 보듬고 살아야 한다는
몸을 털어 마음 가려 가란앉혀 놓고

서로 사랑으로 번져 휘휘 저어 고개 넘으면
저 푸른 하늘 파랑새 한 마리로 날으리

봄은 소리로 온다

경칩 지나 물 웅덩이 밖으로 나온 맹꽁이
산란 끝에 울어대는 제 소리만 큰 줄 알고
다른 요란한 울림 분간 못해
"왠 소란이냐" 코맹이 짓 가증스러워

산 그늘 눈송이 뒤집어 쓴 매화꽃
"나는 눈을 녹이며 일어설 설중매.
봄의 전령 아닌가"라고 부르짖고
산사 둘러맨 동백 군락지
겨울 떠나기 전부터 일어선 꽃봉오리
진홍빛 향기 풍경 올려, 은은한
음파 주름지어 멀리 나른다
"향기로 말하면 여기 산수유가
있다"고 뽐내고

뒤따르는 만화방창 흐드러져
왁자지껄하게 퍼질 때
이제야 봄이 온 줄 알고 뒤늦은 깨우침
감나무. 밤나무. 허둥지둥
꽃망울 맺을 준비에 한참이다

사계절 중 봄은 으뜸으로 호화로워
여인들의 화사한 치마폭
바람 불어 펄럭인다

윤복선

모든 날들이 아름다움이었음을 -

봄날은 | 차를 끓이면서 | 달콤한 시간 | 파랑새 개미 | 친구
그리움 | 불면의 밤 | 산 | 모두가 떠났다 | 해바라기 | 옥수수 | 도라지꽃
너와 내가 같은 빵을 먹던 날 | 흔들리다 | 그 이름

PROFILE

충남 부여 출생. 『문파』 시 부문 신인상 등단. 창시문학회 회원.

봄날은

헝클어지고 구부러진 갈대 잎 사이로
에미 닮은 새 순, 초록이 올라온다
갈참나무 아무렇게나 일그러진 잎사귀 뒤로 밤새
어린아이 젖니처럼 간지러운 눈 트고
악어가죽 같던 은행나무도
발꿈치 들어 세상을 본다
겨우내 이름표 없이 잠이 들더니
뛰는 숨소리 가장 가까운 그곳에
이름표를 달고 일어선다
어울더울 다른 듯 같은 목소리로
출석표에 답하고
일제히 봉기하듯 내 달린다
결승선이 저기 보인다
채찍을 높이 들고 갈기 휘날리며
바람타고 달린다
카메라 셔터가 쉴 새 없이 터지고
해마다 이맘때
레드카펫 위로 초록 걸음이
성큼성큼 지나고 있다

차를 끓이면서

차 한 잔
포트에서 물이 끓는다
방울방울 이야기가 기포로 터지더니
이내 비가 내리기 시작한다
차가운 빗소리
찻잔에 옮겨지면
재즈인 듯 클래식인 듯
조금씩 잦아지는 빗소리가
김이 나는 뜨거운 눈물이 된다
아픔을 통해서 사랑을 배운 사람
고통을 통해서 세상을 배운 사람
물수제비 만들어 본 외로운 사람
모두 다
들고 있는 찻잔에
비밀을 마신다

오늘 차 한 잔 하시지요

달콤한 시간

한산한 골목길 담장
오후의 햇빛이 맑게 내려 앉았다
지팡이 두 개 담장에 기대 서 있고
아이스크림 먹고 있는 노부부, 원앙처럼 앉았다
서로에게 거울이 되어 닦아주면서
꿈이어도 좋을 하루가 크림처럼 녹는다
담장 안에는 감나무 꽃잎이 다크써클처럼 내려앉고
밖에는 나는 없고 너만 있는 사랑이
말없이 피어 있다
미워하고 용서하는 세월이
얼마나 강물처럼 흘렀을까
지나고 보면 작아지고 작아지는
모든 날들이 아름다움이었음을
발아래 떨어진 감꽃 잎이
말하고 싶어 했다
주인 닮은 지팡이 두 개
젓가락처럼 나란히
햇빛 사이를 걸어간다

파랑새 개미

비가 그치고
이팝나무 꽃 그늘 부드럽게 앉은 오후
햇빛 이쁜
산책길에서 개미군집을 만났다
까맣게 인쇄된 글씨들이
쉼 없이 움직여 대자보를 만드는가
가만히 들여다보니
군중들의 집회 같기도 하고
전쟁터의 병사들 같기도 하다
아니 이제는 끝내고 싶은 장벽 아래
끊어내는 분단 칠십 년
북이 남으로
남이 북으로
땅굴에서 햇빛으로 나오는가
비가 와도
바람만 불어도
니가 보고 싶었다고
심장 끝에서 자유의 다리로 전진하는가
한순간 땅에서 하늘로
날개 활짝 펴고 꿈꾸는 파랑새가 된 개미

친구

해질녘 들길에서 만난 민들레
울고 싶을 때 웃어버리는 너는
구름 같은 화관
그동안의 삶을 모두 담아 머리에 이고
실 같은 외다리 풀 섶에 묻었다
사랑앓이 가득했던 봄이 지나고
잘났어도 못났어도
떠나야 하는 시간 앞에 서 있는 너는
언제나 준비한 이별이라
슬퍼하지 않을 거라고
입에 달고 살았는데
말이 그렇지
이별은 언제나 목에 걸린 가시 같아서
오늘도 흔들리는 나는

그리움

까칠하기 그지없던 엉겅퀴 보라꽃
저녁 달빛이 희미하게 늘어져
솜방망이 풀어진 희뿌연 목화솜 이불이다가
안개 속으로 흩어진다
가느다란 팔다리 링거 줄처럼 엉켜서
그 고왔던 들꽃 자태
기억의 거울 속으로 사라졌다
그 길 위에 어머니가 즐겨 입던
나비 무늬 노란 원피스
밑도 끝도 없이 자꾸만 따라온다
내 눈은 푸릇한 물푸레나무에도
노란 꽃대 올린 물 청포에도
밤이 되면 오므라지는 자귀나무에도
함께 걸어온 노란 원피스
하나하나 걸어둔다

불면의 밤

깊어가는 여름밤
창문 사이 몰래 들어오는 바람이
블라인드 줄을 잡아당긴다
밖에는 굉음을 내는 오토바이 소리 하나
종일 땡볕에 타던 아스팔트를
불만스럽게 촌음으로 달린다
한낮의 잔상들, 일테면
고속도로 방음벽에 그리움으로 매달린 능소화라든가
산책길에 만난 이국적인 스크렁풀
길 위에 말라죽은 지렁이들이
홀로 앉은 빈 공간을 순서도 없이 가득 채웠다
어지럽다
새벽이 되어서야 아직 어둠으로 기다려주는
이 밤을 함께 재울 수 있었다.

산

저 산은
내 어머니처럼
등을 내주고 기다린다
그 너머로 해가 뜨면 달이 진다
살다가 부치면
쉬었다 가거라
품었다 가거라
밟고 가거라
숨소리 고요한 아침에도
별빛까지 땅에 묻은 칠흑 같은 어둠에도
거기 엎드려 기도한다

모두가 떠났다

마음이 시끄럽다가
백일홍 멍들어 피던
어린 시절 고향집이 보인다
장독대 키 순서대로 날마다 열병식하고
무궁화 울타리 비가 내리면
호박넝쿨 나팔꽃 어울더울 춤춘다
앞마당 황매는 여름내 서성이고
호두나무가 담 너머로 마실 가던 곳
바깥마당 한켠에 장수지팡이로 쓰인다는
명아주가 쑥쑥이 자란다
숨소리까지 넘나들던 쌍창문에
수줍게 매달린 꽃봉창 붉게 물들고
대청마루 바람길, 가지런히 놓인
다듬이 방망이가 졸고 있다
빨랫줄에 풀 먹인 옥양목이불 호청 사이로
바람 잡는 숨박꼭질 순수했던 아이
기억으로 더듬은 봄날은 모두 떠나고
된장찌개 타는 냄새에
후다닥 감았던 세상이 보인다

해바라기

한여름 내내
가슴에 또박또박 새겨 넣은
까만 글씨 한 자 한 자
얼룩지면 아파할까 노란 편지봉투
이슬도 털어낸다
세월 흘러 앙상한 몸 끌어안은 채
못다 한 그 말
집어삼킨 목울음, 입술 꼭 깨물다가도
너만 보면 그 입술로 미소 짓는다
내 생애 남은 시간도
그대가 나침판
뼛속까지 그리움으로 피는 너
그 언덕에서 오늘도 쓰다듬는 눈빛
끝은 어딘가

옥수수

엄마는
하루 종일 아기를 업고
서성입니다

태어나서 야무지게 여물어
짙은 갈색 수염이 될 때까지
동여맨 아기 띠 내려놓지 못하고

그늘 하나 바람 한 점 없는 여름 내내
그렇게 서성입니다

달이 뜨면 자장가 불러주고
곱게 포갠 강보싸개
누더기로 헤질 때까지

밤새 우는 비에도
젖지 말라고 포개고 틀어서
엄마 손은 아프게 저려옵니다.

도라지꽃

정원이 아니라
텃밭에 피는 꽃
청보라 꿈을 꾸는 사춘기 같은 꽃
울 뻔했던 기억들만 모아서 피는 꽃
날고 싶은 꿈을 감추고
하루하루를 채워서
토동토동 오르는 이야기보따리
나의 십대 같은 꽃
밝음이 저물고 어둠이 내리기 전
온화함이 땅에 내리고
너그러움이 하늘에 번질 때
물과 바람 햇살
담뿍 담은 부푼
꽃

너와 내가 같은 빵을 먹던 날

고양이와 내가 눈이 마주쳤을 때
나는 섬뜩함을 느꼈다
그것은 너와 나 사이에
신뢰감이 없기 때문이었다
너의 눈빛은 삶과 죽음의
경계가 있었고
나의 눈빛은 호기심과 두려움이 있었다
동네 노랑 빵집에 가는 길
비가 내리기 시작했다
다시 그 길을 돌아올 때
너는 나무숲에 웅크리고 있었다
나는 지나쳤다가 다시 돌아가
빵 한 개를 던졌다
녀석과 나 사이
빵은 무엇이었을까
참 오래 생각해 보았다

흔들리다

용버들 왜버들 수양버들
한바탕 소나기에 머리를 감았다
그중 수양버들
긴 생머리 바람에 일렁이는 우아한 자태
달도 같이 걷고
해도 같이 걷더니
하늘에서 땅까지 자랐다
봄이 지나고 겨우내까지
살면서 살아가면서
세상을 향하여 어떤 질문도 하지 않고
그냥 흔들리며
다른 나뭇잎 낙엽 되어 살아져도
혼자 남아
다시 봄, 새잎이 나기 전까지
새치머리 번득이며 긴 생머리다

그 이름

키가 작은 너는
매년 오는 봄날 화려한 꽃 잔치 끝나고 나면
한켠에 함초로이 보들보들
여름 꽃으로 핀다
파도치는 바다도 보고 싶고
구름 걸친 저 산도 궁금하지만
부끄러워 숨어서 낮게 피는 꽃
너무 일찍 그리움을 알아버렸나
온몸에 붉게 멍들어 피는 꽃
혼자 키워온 씨앗주머니
바람이 머물다 떠나면
숨겨 놓았던 기도가 주르륵 떨어진다
다시 또 그 여름 기다리면서
보드라운 흙 속에 묻힐 때
그 이름 봉선화라 적어 놓았다

김경애

문득 새 한 마리 푸른 숲을 솟아오를 때

PROFILE

고흥 출생. 조달청 총무과 근무. 해양인 『낙엽과 같은 삶』 수필 입상. 한국여성시 회장 역임. 창시문학회 회원.

굴비

명절에 잊지 않고 보낸 굴비는
살갑게 정인들의 밥상에 오를 것이다
쫀득쫀득한 맛의 굴비
마음의 추위를 몰아내겠지
받는 맘보다 보내는 한 소쿠리 정
그 옛날 얼마나 좋았던가
요즘 넘쳐나는 풍요는
주는 이나 받는 맘 소홀하여
짭짤한 굴비 맛쯤 무에 그리 귀하던가
가난해도 불편치 않던 우리네 형편
본디 있게 올바르게 살기만 하면
칭찬받던 서로의 인정 나누며
절인 굴비 보낸 정 받는 정 얼마나 살가웠던가
독에 꾹꾹 눌러 누렇게 제철에 절인 보리굴비
귀한 손님 상에 오르면
밥상 차려 대접한 손길 고맙고
대접받는 마음 따사로웠지
징그럽도록 정스런 그 시절 그때가 그리워라

김장

소설 지나 일 년 치 김장을 담았다
나이 든 동생들 불러 김장을 하면서
큰딸에게 궂은 소리 들으며 고집스럽게 김장을 치댔다
자식이 많으니 나누어 줄 김치통도 많았지만
평생을 그 재미로 살아온 어머니 자리 후회는 없다
며느리 고맙다는 인사 한 마디 없다 한들 섭섭할 게 무언가
주어서 기쁘고 자식 입에 들어갈 김치 그것으로 족한 일
내일을 모르는 나이 올해 김장으로 내 보람이면 충분하다
김장 끝내니 때마침 캄캄한 하늘에서
축복처럼 흰 눈 내린다

나의 집

오월이면 울타리에 분홍 장미 꽃잎 흩날리던 집
뜨락엔 장미, 수국, 모란, 작약, 사루비아, 마가렛, 천리향
등등 환하게 웃음을 쏟아내던 집
삽사리가 컹컹 짖으며 꼬리를 흔들던 집
아침이면 햇살 배웅받으며 아이들 학교로 나서던 집
키 작은 담장 너머로 이웃들 설움과 웃음이 넘나들던 집
언제나 대문이 활짝 열려 있던 집
이제는 내 마음속에 들어 앉은 나의 옛집

낙엽이 뒹구는 아침

어젯밤 비가 오더니 노쇠한 몸이 흔들리고 있었다
밤내 끙끙 앓고 새벽 카톡 소리에 열어보니
지연희 교수님의 부군이 세상을 뜨셨다 한다
창시문학에서 만난 선생님의 품격 있는 얼굴이 떠올라
숙연해졌다 서로 함께하지 못하는 게 있다면 바로 죽음
만나서 좋은 일만 보았을까 마지막 떠나는 친구 같은
부군과의 아리고 슬픈 고난도 추억으로 남는 아쉬운 이별
시인은 어떤 시를 마음속에 담았을까
뵙지 못한 분의 영면을 빌며 밤내 쑤시고 아팠던 나의 육신도
벗을 날 생각하면 적잖은 물결이 가슴을 적신다
일찍이 조의금을 부치려 나서는 길목엔 푸라타나스 낙엽이 슬프게
길목에서 휩쓸고 지나간다
나무는 보내는 잎새 바라보며 무슨 생각을 그리도 깊게 하는지
바람에 흔들리고 있을 뿐이다
메마른 잎새들은 어디로 가느라 길목을 휩쓸고 맥없이 부서진다
인생도 그렇게 부질없이 살다 열망에 떨던 그 옷 벗어 던지고
편안히 눈을 감을 수 있을까
뚝뚝 떨어지는 눈물 같은 낙엽소리
한참을 낙엽이 뒹구는 길목을 지켜보면서 한 잎의 낙엽도 밟지 않
으려

마음 기울이며 은행 앞에 다다랐다
돌아서 오는 길
왜 나는 한 번도 봄날의 향기로운 꽃의 향기도 없이 피었다 지고
제대로 단풍의 화려한 빛도 누리지 못한 채
마지막 잎새의 슬픔을 느끼고 서 있는 것인지 가녀린 떨림이 함
께하고 있다

내 생에 두 어머니

나에게 모태 신앙으로 많은 영향을 남기고
내 뜰에 밤사이 꽃을 피우다 멈추게 하신 친정어머니
그 허망한 날들은 나의 운명을 바꾸어 놓았다
나의 꿈도 사랑도 무너지던 날
위험한 징검다리 철없이 건너 만난 사람 나의 시어머니
몸소 담근 온갖 곰삭은 젓갈, 손자 손녀들이 맛있게 먹을 생선과
귀한 고들빼기, 갓김치 담가 오시던 그분은 사춘기에 떠나신
친정어머니 빈자리 채워주셨다
첫 출산할 때 따뜻한 미역국 손수 끓여
어서 먹으라며 헝클어진 내 머리 다듬어 주시며
위로와 격려로 허한 마음 달래시던 그분
팔십 평생 흔들리던 내 맘 그분 생각하며 인내하며 오늘까지 살아
냈다
아들보다 내 편이 되시던 지혜로우신 시어머니
그래서 극히 외로운 고난의 세월을 꽃길처럼 걸으며
지금도 내 뜰엔 당신들이 심은 꽃이 웃고 있네요

숲을 바라보며

새벽에 눈 뜨자 마자 건너편 산을 본다
아들과 딸들에게
저 숲이 되어 안심할 수 있는
그런 그늘이 되었으면

높은 산이 낮은 산을 바라보듯
어미가 자식들을 굽어보는
그런 무한한 사랑

문득 새 한 마리 푸른 숲을 솟아오를 때
온 산이 조바심 치며 두 팔 벌려
안으려 안으려 하듯

시인의 아내

시인의 아내는 오늘은 이혼
내일은 재혼을 번갈아 한다
이웃집 아저씨라면 꽃다발 들고
팬이 되었을 거란 아내의 익살
시인은 자신의 시혼 속에
아내가 외롭다는 걸 잊고 산다
김장속을 버무리며 툴툴거리는 그녀
김장 담을 쪽파 다듬어 달라 구시렁거리는 그녀 앞에
내가 파 까는 남자야?
강의를 핑계 대고 휑하니 나가는 시인
뒤따라 김장하다 말고 앞치마 벗어 던지고
내가 파 까는 여자야?
대문을 나서 평소에 보고 싶은 영화 한 편
보고 돌아와 다시 김장을 담근다
투덜거리면서도 저녁에 돌아온 남편의 밥상을
온갖 정성 들여 차려내는 아내
말없는 시인은 행복하다
아내의 유머 속에 시어를 낚아내는 어부
제낭 정희성 시인
스스로 물고기가 되어 즐거운 시인의 아내

어느 날 병원에서

그 사람이 입원했다 대상포진과 탈장으로 대학병원에서 검진을 받기 위해 환자복을 입고 누워 있는 모습은 그 옛날 권위를 자랑하던 가장의 모습이 아니었다 오랜 세월의 상흔이 얼굴 위에 어른거렸다

너무 오래 살았구나 마지막 삶 열차를 타고 가는 우리는 서로를 그윽히 바라보며 가만히 미소 짓는다 미움도 원망도 오래되니 곰삭은 젓갈처럼 깊은 맛을 내는구나

나는 신앙인으로 그에게 손을 내밀어야 한다 그는 나의 학교였다

그를 통해 나는 인내를 배웠다 그는 나의 반면교사 그와 사는 동안의 외로움과 공허가 시가 되기도 했다 누구든 먼저 배웅할 날이 올 것이다 그때를 위하여 나의 기도는 더욱 길고 깊어져 간다

여백

어둠을 뒤적이다 책장을 넘기다가
하루의 여백에 몇 자 적다가 놀라다가
밑줄 그은 시어에 다시 감동하다가
어깨 너머로 해가 떴다

창밖을 넘나드는 햇살 한 줌 떠서
식어가는 가슴 문질러
보실보실한 텃밭에 씨앗 뿌리자
어느덧 내 사랑아
이 무한 속의 공터에 너와 내가 만나

우렁각시

내 집 현관 앞에 때때로 우렁각시가 다녀간다
까만 비닐봉투에 갓 끊어온 상추와 고추가
싱싱한 웃음을 전한다
어느 날 강아지가 현관에 서서 끙끙거려 문을 열었더니
옆집 사내 비닐봉투 들고 있었다
운동복 차림의 아들같이 앳된 얼굴
손수 키운 채소입니다 봉투엔 짙은 보랏빛 가지가 가득
고맙다는 인사를 뒤로 두고 수줍은 얼굴로 돌아서고 있다
가을볕이 폭포처럼 쏟아지고 있다
올망졸망 이웃들 아침마다 까치소리에 깨어 열심히 살아가는 이곳
소소한 기쁨
올겨울도 사람을 쬐며 추위에 지지 않을 거야

조도

날고 싶은 섬 한 마리 떠있다

물길에 뱅뱅 뱀처럼 휘어 감겨

푸드덕거리지만

날지 못한 섬 한 마리

일몰에 선홍 빛 두근거리는

섬 한 마리 내 안에 있다

지팡이

어머니 산소 가던 날
같이 늙어가는 남동생이
명품이라 자랑하며 사다 준
프랑스제 지팡이
동생의 마음이 명품이었다
가파른 산소 길 오를 때
굽은 허리 받쳐주고
내려올 때 미끄러지지 않게
의지가 되는 지팡이
언제인가 저 세상으로 떠날 누이 생각하며
백화점에서 골랐다는 특별한 선물
그 마음 한 자락 가슴에 담고
내려오면서 아무도 모르게 눈시울을 적신다
우리 형제 어머니 일찍 여의었지만
남동생은 평생 자매들의 지팡이 되어 살고 있다

첫 꽃

남학생 농구 시합이 있던 봄이었던가
볼을 잡고 질주하던 건장한 선수들
바라만 보아도
생전 처음 가슴이 둥둥 소리를 냈다
설레는 마음 한 번도 경험하지 못한 두근거림
그날 밤 첫 꽃이 피었다
늦게 철든 여자로 서던 날이다
훗날
내 딸들에게 같은 위로와 축하를 하던 세월도
저만치 빠져나가고 없는 팔십
새삼 지워진 첫 꽃을 떠올린 지금
아직도 얼굴이 홍당무가 된다

햇살

어려움을 이겨낸 것은 햇살 덕이다
희망과 용기를 건네준 햇살을 피하지 않는다
그래서 여름철 뜨거운 햇빛에 양산을 쓰지 않는다
햇빛에 그슬려도 금방 뽀얀 피부로 회복되어진다
한 겨울도 항상 장갑을 끼지 않고 겨울을 보낸다
햇살 덕에 손이 따뜻하기 때문이다
그 옛날 나의 작은 뜰에 쏟아지던 햇살을 잊지 못한다
올망졸망한 꽃잎에 반짝이던 햇살의 소리는 신의 사랑
물결같이 번지는 꽃의 소리들은 내 영혼을 어루만지는
무한의 신의 자비
그 빛으로 나는 다섯 아이들을 꽃피웠으니
햇살은 나의 신앙의 불꽃이다
나는 오늘도 강아지를 데리고
가을 햇살 비집고 길을 걷고 있다
햇살 같은 할머니가 되어
강아지 이름을 자꾸 부른다

하루의 단상

3개월에 한 번 진료받는 날
체혈실 앞 붐비는 환자들 틈새 나도 기다리고 있다
손에 손 잡고 부모 모신 자녀들
나는 늘 혼자 내가 나를 챙겨 병원을 드나든다
긴 세월 나는 나를 지키는 파수꾼이 되어
폐스럽게 아이들 걱정시키지 않는다
돌아보니 고령인 83세 하고도 8개월
욕심도 사랑도 지난 일
비우고 또 비우며 진찰실을 빠져나왔다
의연히 잘 살아내서 고마워
내가 나를 어루만지며
9월의 맑은 하늘 우러러본다

홍정기

동쪽 산마루에 걸린 보름달 빙그레 웃는다.

가을 | 성당 가는 길 | 그곳 | 당신 | 구경했다 | 턱걸이 | 희망 | 첫사랑
은빛 나래 | 주검 | 모나리자 미소 | 코스모스

P R O F I L E

서울출생. 2002년『현대수필』신인상 등단. 국학자료원 이사역임. 한국문인협회 회원. 창시회원.
저서: 수필집『메기와 청어』『뉘』.

가을

무거운 시간들로 나무가 힘겨워할 때
자그만 다람쥐로도 우수수 잎새 버리고
끌어안든, 내든
미풍에도 마음 아리고 별빛마저 눈 시리다

해마다 겪는, 오롯이 자리잡을
마음 도둑이 이번엔 얼마만큼일까
무엇으로 시작될까

노란 방바닥을 무심히 닦다가
창을 흔드는 바람소리에
멈칫 밖을 멍하니 내다보다가

스산함에 마음마저 허허로울 적엔
겨울날 김장 연탄 걱정하시던
할머니가 보고 싶다가

마음병 깊어져
몸마저 흐느적거릴 때
버스 차창 밖 휘도는 바람을 응시하다가

슬그머니 혹은 느닷없이 밀고와
가슴 저미게 하는 이 가을은
하릴없이 친구일밖에

삶의 무게로 지쳐있을 때
겨울 문턱에 슬쩍 찾아올 적의
엷은 미소

성당 가는 길

활짝 웃는 아이들 하얀니에 목련꽃 들고
춤추는 나비들 영산홍 살포시 안고
웃자란 철쭉잎새 여우비 반겨
다투어 봉긋봉긋 고개 내미네
지팡이 할아버지 봄맞이 반기면
알록달록 피워줄 보배들

후두둑 한 차례 강한 비로
일순 쌓인 낙엽 카펫 주인공 되어
살폿살폿 우아한 걸음걸이
한껏 부푼 무지개 마음
'그대들 행복을 주는 이들~'
눈맞춤 합창으로 물들인 신세계

그곳

5살 피난길
가랑이 틔워 놓은 솜바지 사이로
세찬 바람 들락거려도 시린 줄,
폭격기 지나가도 무서운 줄 모른 채
찬 바닥에 고목처럼 누운 시신들 비키며 간 그곳

사탕봉지 숨겨뒀던 작은 교실에 옹기종기 지냈던
기다란 흑색 학교 담벼락에
빨간 크레용으로 빼곡히 낙서한 그곳

물가에 봉긋하게 만든 모래무덤이 잘 있나
밤에 몰래가 지켜봤던
동글납작한 예쁜 아기 동생이 머물고 있을 그곳

유난히 강 건너 불빛이 그윽해 보기 좋았던
검고 짙푸른 너울거림 위에 반짝이는
무수한 노-란 점 점 점

불행과 희망이 함께했던
그곳은 진정 어디였을까

당신

당신 향기 그리워
무덤에 얼굴 묻으면서
과일향보다 풀내음을
더 좋아하게 되었습니다.

비탈길 끝에서 작별하는
종아리로 휘도는 바람돌이는
어려운 일에 힘 서게 할
당신의 손길입니다.

출장길마다
한바구니 가득 과일 들고 오신
한달음에 달려가면
하늘 잡게 무등 태워준 당신

그리운 날은
오두마니 교회당에 앉아 있습니다.

구경했다

겉으론 아닌 듯 무덤덤하면서 속으론 수줍었던
많은 것을 느끼고 생각하면서 표현은 서툴렀던 소녀

교복이 아닌 예쁜 블라우스와 치마를 입은 아이
예쁜 속옷이 비치는 아이
머리나 발에 멋부린 아이
남학생과 좋아하는 아이
책을 많이 가진 아이
예쁜 종이 위에 만년필로 무언가 쓰는 아이
멋진 그림을 그리는 아이
빵집에서 빵을 먹으면서 웃는 아이들
여럿이 어울려 어딘가 가는 아이들
멋지게 차려입고 엄마와 나들이 가는 아이
여럿이 손 잡고 희희낙락 선생님 부르면서 뛰어가는 아이들
선생님께서 툭툭 치면서 웃으시며 말 거는 아이
참고서를 끼고 다니면서 공부하는 진학반 아이들

그랬다
그 아이들을 실컷 구경했다 부러워하진 않았다
그냥 구경했다

턱걸이

악어 입처럼 벌어진 운동화 밑창에 발맞추며
왕십리에서 을지로까지 걸었다

수없이 망설였던 나날들
부푼 꿈으로 기대했던 나날들
어렵사리 지내온 청춘은 허구였나
그 모든 청춘의 갈피들이-

하늘로 치솟던 그 의욕도
마음속 깊은 곳에 함께했던
'청춘예찬'의 '피 끓는 청춘이어-'도

선수는 배가 고파야 경기에서 이긴다고 했던가
세월이 가면서 배가 덜 고파져서일까

전기 힘에 따라 분수의 물 뻗침이 다르듯
에너지 발동기에 부지런히 기름칠을 해야겠다
북돋아 계속 하늘 향해 높이 뻗치기 위해-

희망

숯불 위에 알알이 굴리는 밤에
진지한 얼굴의 노점상인 눈알도 구른다
수척하나 지극한 장인 모습이다

곁에 있는 아이
검정 묻은 코 부서진 군밤 닮았다

옆에 젖 물린 아낙은
팔고 몇 개 안 남은
생밤 담긴 소쿠리로 편안하다

아기는 젖단지 보듬어 안고
아이는 망가진 군밤 까먹고
아낙은 돈쌈지 쓰다듬고

장인은 내일도 오늘 같기만 하기를
동쪽 산마루에 걸린 보름달 빙그레 웃는다.

첫사랑

티끌 무게마저 부담되어
떠난다 해도 탓하지 않겠어요
함께한 시간들이 너무 소중하니까요

떠나신 걸 안 후에 울지 않았어요
사흘 낮밤
꼼짝 않고 있었을 따름이지요

다락방으로 자리 옮겨
사흘 낮밤
사진 안 당신 모습 그대로 그리려고
무척이나 애썼지요

겨우 일어서 초상화 부치러 갔지요
우표딱지 정성껏 붙여
벙어리 편지 당신 길로 보냈지요

며칠 앓은 후 예배 보러 가는 길
봄기운이 완연한 훈풍이 온몸을
감싸안음에 주님 온기 느끼며
'사람 향해 일희일비하지 않고

지리멸렬한 일과 떨어져 살게 하소서'

간절한 기도는 머리로만 했나

먼 뚝 위 파란 하늘에 걸려있는
전신주 옆에 그가 서 있는 듯해
그곳만을 응시하며 지척지척 걸었지요
가슴에 매단 그를 떨치지 못하고

은빛 나래

단아한
새아씨 홍조 띤 모습으로
일감 푸시는
심연의 샘

배턴 쥐고 힘껏 달리시던 모습
지금도 생생한데
다 태우지 못한 불꽃 안은 채
정녕 가시는지요

늘 하시던
이 일 저 일 거두시고
그 힘 당신 가운데 모아
은빛 나래의
그 사랑 고루고루 나누어주시며
길이길이 빛내소서

추억들로 수놓인
자취들이 점으로만 남지 않음은
성화를 소중히 옮겨가는 주자이듯
당신의 촛불 이어받아

그 빛 더욱 빛내리라
후배들이 다짐합니다

주검

관에 누워있는 기분파였던 그
할 수만 있다면
마지막 가는 자신을 위해
애쓰는 산역꾼들에게
수고비를 아낌없이 주련만

모든 이들은 땅 위에 있는데
혼자만
파인 차가운 땅 속
너무 싫겠다
아무것도 할 수 없음도

그의 외아들 과외교사인
가난한 내가
그가 가는 마지막 봉분 위에
가진 돈 다 꺼내 놓았다
아낌없이

나도 싫었다
어릴 적부터 다섯 동생들 가장인
그를 위한 이가 아무도 없었음을

그가 먹이고 입히고 가르친
근사한 차들을 몰고 온 그의 동생들을

모나리자 미소

언제부터였나 누가 말했을까
모나리자 미소가 신비라 함을
부정할 때마다 마음 아리다

오월의 여왕답게 빛나던 그녀가
모나리자 닮은 신비한 미소와 품위에
엄청난 불행을 안고 있을 줄이야

스토커인 그를 피해
결혼해서 아들까지 막 낳은 그녀를
죽음으로 가게 했다

부모 총애를 한 몸에 받던
그녀는 초등학교 입학 때가
제일 추억에 남는다고

--------- epilogue ---------

입학 선물로 산 예-쁜
분홍색 원피스
꽃핀

빨간 구두
앙증맞은 손지갑 꼭 쥐고
날 듯한 기분으로
팔랑팔랑 한참이나 가다 보니
엄마가 보이지 않는다
아무리 불러도 대답이 없다
울면서 하염없이 부르고 또 부른다
엄마가 없다
여기가 어디일까
깜깜하다
잠이 온다
그냥 자야겠다

그 소식을 듣고
안방 문 위에 걸려있던
모나리자를 떼어냈다

코스모스

코스모스 따라 먼 하늘 향한
그녀의 사랑 크기는 얼마만큼일까

오래전 그때 현해탄 건너간
님이 띄운 연서에 아직도
아가 코스모스 들어있다

바람결에 방긋방긋 웃는 얼굴
너무나 어여쁜 아기
아기 내음 내 곁에 머무네

화들짝 까르르 웃는 소리
너무나 천진한 아기
실바람 타고 귓가에 맴도네

꽃길 따라 하늘하늘 걷는 모습
너무나 귀여운 아기
고사리손 활짝 펴 내게로 오네

그의 아내가 낳은
그와 꼭 닮았을 아길 그리워하니
그 사랑 애닯다

사
랑
의
역
설

사랑의 역설

창시문학 스물한 번째 작품집